D E A R + N O V E L

愛の一筆書き

名倉和希
Waki NAKURA

新書館ディアプラス文庫

S H I N S H O K A N

愛の一筆書き

目次

イラストレーション／金ひかる

愛の一筆書き

「高秋《たかあき》、起きろ。朝だぞ」

呼びかけと同時に肩をゆさゆさと揺すられて、高秋はぼんやりと目を覚ました。

見慣れた天井《てんじょう》の木目をしばし眺《なが》めるが、まだ眠くて睡魔《すいま》に負けそうになる。古びた座敷に敷かれた布団の上で、高秋はぐるりと視線をめぐらせた。

座敷を囲むようにして伸びる縁側の雨戸はすべて開けられ、ガラス戸の向こうに初夏の朝日がさんさんと庭に降り注いでいるのが見える。眩《まぶ》しいほど天気がいい。

日本庭園と呼ぶには恥ずかしいほどの質素な庭だが、高秋の祖父が愛した庭だ。また雑草が伸びてきているから抜かなければ、と考える。

日ごとに暑さが厳《きび》しくなっているから、夕方にやるしかないんだよな…なんて思いつつ目を閉じる。二度寝って気持ちいい。

だが、自分ではない人間の足音が廊下をパタパタと歩いていく音にハッとした。

「起きなきゃ」

慌ててガバッと上半身を起こした。布団から抜け出し、枕元にきちんと畳《たた》まれていた藍染《あいぞ》めの作務衣《さむえ》を広げた。それを手早く身につける。

起きたばかりの高秋は全裸だった。いつも全裸で寝ているわけではない。昨夜、同棲《どうせい》している恋人と愛を営《いとな》んだからだ。おかげで今朝は腰が軽い。

そういえば、座敷には高秋が寝ていた布団が一組しかない。恋人は自分が使った布団をもう片付けてしまったようだ。あいかわらずそつがない。作務衣の用意をしてくれたのも恋人だろう。

もう一度起こしに来てしまうまえに、高秋はざっと布団を畳み、洗面所へと急いだ。適当に顔を洗い、寝ぐせだらけの髪にブラシをかける。髭《ひげ》が伸びていたが、ここで丁寧に剃《そ》っている時間はなかった。あとにしよう。

自宅で仕事をしている高秋とちがい、恋人は会社勤めだ。ぐずぐずしていたら出勤してしまう。毎朝かかさず用意してくれる朝食を食べて「美味《おい》しい」と感想を言い、出かけていく愛する彼に「いってらっしゃい」のキスをするのは、朝の最大イベントだと信じている高秋だった。

「おはよう」

食堂に行くと、恋人の佳文《よしふみ》がエプロンを外すところだった。どこにでもあるごく普通のデニムのエプロンだが、それを着用して朝日の中、台所で朝食を作っている恋人の姿は絶品だと思う。

「ああくそっ、もう一分早けりゃ、佳くんのエプロン姿が見られたのに」

本気で悔しがる高秋を、佳文は冷たい横目でちらりと見遣《みや》ってくる。

すっきりと整った佳文の顔が、高秋は大好きだ。保険会社に勤めている真っ当なサラリーマンなので髪は短く整えられ、かけている眼鏡《めがね》もオーソドックスなデザインだった。白いワイシャツと紺色ストライプの平凡なネクタイという出《い》で立《た》ち。

だがその正体は、高秋が愛してやまないミューズだった。

一緒に暮らしはじめて五年になるが、日々、高秋は佳文を好きになっていく。愛に限界はないんだなと、しみじみ思う今日この頃だ。

佳文の身長は百七十センチで、百八十ある高秋より一回り小さい。体格も細めで、高秋が抱きしめるとちょうどいいサイズだ。

昨夜の情事など微塵《みじん》も感じさせない冷たい横顔がまた格好いいではないか。

「佳くん、もう一回エプロンつけて」

「バカなこと言ってないで、さっさと食えよ。冷めるだろ」

四人掛けのテーブルには、一人分の食事が並べられていた。味噌汁《みそしる》とご飯、焼《や》き鮭《ざけ》、納豆だ。

「はい、いただきます」

高秋は従順にいつもの席につき、佳文が毎朝きっちりと作ってくれる味噌汁をすすった。

「美味しい〜」

「あたりまえだ」

佳文はもう食べたあとらしく、自分が使った分の食器をシンクで手早く洗っている。台所はカウンター式などではないから、シンクに向かっていると、食卓には完全に背中を向けることになった。

高秋は最高に美味なる味噌汁をすすりながら、佳文のほっそりとした背中から腰へのラインを視線でなぞる。

セクシーな腰つきだ。あの腰が、昨夜どんなふうに淫《みだ》らにくねくねと動いたか、高秋はよーく知っている。

この五年間、高秋はほぼ一日おきに佳文とセックスしてきた。できれば毎晩でもしたいところなのだが、受け入れる側の佳文の体調を考えると、一日の休みを挟《はさ》んだ方がいいという結論に達し、そういうことにしている。

そのかわり、佳文の会社が翌日は休みという週末などは、何度もおかわりさせてもらっていた。

高秋は今年三十五歳になった。この年齢でこの頻度《ひんど》はちょっと元気すぎるかなと思うこともあるが、佳文を前にして冷静でいるのは無理だった。

昨夜もあの細い体を抱きしめて唇を奪い、濃厚に舌を絡めるだけで高秋は簡単に完勃《かんだ》ちした。敷いたばかりの布団に押し倒して、風呂上がりの佳文の体をくまなく舐《な》めた。そりゃもう隅から隅まで。

佳文は頬を桃色に染めて目に涙を浮かべ、あんあんと喘《あえ》ぎながら悶《もだ》え、後ろに入れてくれと高秋にねだって――。

いかん、思い出すと勃ちそうだ。あれだけ絞《しぼ》り取《と》られたのに。

箸《はし》を握《にぎ》りしめて冷静になろうと俯《うつむ》いたとき、テーブルの隅にポケットアルバムが置かれているのに気づいた。表紙に黒マジックで「小池《こいけ》さん」と書かれている。見覚えのない文字で、佳文の名字が書かれているなんて。

「佳くん、これなに？　見てもいいの？」

洗い終わった茶碗を水切りかごに入れ、タオルで手を拭《ふ》きながら佳文が振り返った。

「いいよ。昨日もらったのを忘れてた。このあいだの社員旅行の写真。それは俺の分。幹事がプリントしてくれた」

「ああ、もう配られたんだ」

「おまえ、見たいって言うだろ、いつも。だから急《せ》かしたんだよ」

高秋はすぐに引き寄せて、一ページ目から順番に見ていった。

佳文の会社は毎年、夏の行楽シーズンに入る前に一泊の社員旅行へ行く。その年によっては梅雨《つゆ》の最中なのだが、だからこそ費用が安く済むのだろう。今年は伊豆《いず》だった。集合写真を見ると、もう三十歳になるのに佳文は若々しく、一番いい男に見える。

「佳くん、一番格好いいね」

「ふざけたこと言うな」

佳文はむっとしつつも照れたようにそっぽを向く。もう、ツンデレさん。

「あ、こいつ」

馴れ馴れしく佳文の肩に腕を回している若い男に見覚えがあった。一重《ひとえ》の目と割れた顎《あご》。たしか佳文の課の後輩だ。宴会場のようなので、たぶん酔《よ》っているのだろう。素面《しらふ》なら先輩にこんな態度は許されない。

「俺の佳くんに触っている……」

「はあ？　安達《あだち》のことか？　そんなのただの酔っ払いだろ」

「佳くんはあまり酔っていないみたいだね」

「俺は加減してるから。べろべろに酔うまでは飲まない」

「約束、守ってくれているんだ？」

酔った佳文は凶悪なほど色っぽいので、高秋がいないときに泥酔《でいすい》してはダメだと、恋人関係になったあとに約束してもらった。もう何年も前なのに、佳文は律儀《りちぎ》な男だ。

「おまえは怒ったあとに落ちこんで仕事が手につかなくなるから、しかたがない」

佳文はつんと顎をそらしたまま台所を出ていった。もうすぐ出かける時間だ。高秋は慌てて箸を置き、席を立った。

「佳くん、お酒は家でなら飲んでいいから。俺の前なら、いくらでも酔っ払っていいよ」

「どうしても飲みたいほど好きじゃないからいい」

目線のちょっと下にある佳文のつむじを追いかけて、みしみしと軋《きし》みをたてる廊下を玄関へと向かった。

「怒っている？」

「べつに怒っちゃいない」

「じゃあ呆《あき》れている？」

「それはあるな」

肯定《こうてい》されて高秋はガーンとショックを受けた。廊下の途中で立ち止まった高秋を、佳文が気づいて振り返った。

「高秋、俺はべつに怒っていない。ただ、社員旅行のたびに俺が浮気したんじゃないかとか、襲われる危険があるから酔うなとか、同僚たちと一緒に温泉に入ったら色香に迷うやつがいるからダメだとか、くだらない心配することに呆れてはいる。でも怒っちゃいない」

「そ、それって、本当に怒っていないの？」

「だから怒っちゃいないと言っている」

茫然《ぼうぜん》としている高秋の前で、佳文はいつものように淡々とビジネスバッグを手にして、革靴《かわぐつ》に足を入れている。

「ほら」

佳文が「ん」と顔を上げてきた。高秋はおたおたと近づいて、チュッとキスをする。

「隠すことがなにもないから写真を見せた。だからおまえは変な心配をしていないで、自分の仕事をきちんとやれ」

「うん」

「今日明日中にやらなくちゃいけないことは、仕事部屋の文机《ふづくえ》の上に箇条《かじょう》書きにして置いておいた。気が向いたものからでいいから、ひとつずつやってくれ。できるな?」

「できる」

「よし。じゃあ、行ってくる」

「行ってらっしゃい」

高秋にニコッと笑顔を見せて、佳文は出勤していった。

男らし過ぎる——高秋はぼうっと見惚《みと》れた格好のまま、恋人の姿が見えなくなっても玄関に立ち尽くしていた。


高秋が佳文と出会ったのは、もう二十年近くも前のことだ。当時、高秋の祖父が自宅で書道教室を開いていた。通ってくる近所の子供の中に、小学五年生の佳文がいた。高秋はそのとき高校一年生だった。

小さいころから祖父に書道の手ほどきを受けていた高秋は、高校生にしてすでにセミプロの腕前を持っており、子供たちがざわざわと落ち着かない書道教室には興味がなかった。

たまたま覗《のぞ》いた座敷で佳文を見つけたのだ。

佳文はほかの子供たちとは全然ちがって見えた。すっと伸びた背筋と、筆を持つきれいな指先に見惚れた。

手元の半紙を見つめるまなざしが惚《ほ》れ惚《ぼ》れするほど凛々《りり》しい。半ズボンで正座していたので丸い膝が露出《ろしゅつ》していて、たまらなく触りたくなったのを覚えている。

それまで同性に惹《ひ》かれた経験はなかった。

中二で年上の女の子と初体験を済ませてから、ずっと相手に困ったことはないほどモテたので、わざわざ同性と寝る必要はなかったのだ。

まさか同性に――しかも年端《としは》もいかない小学生の男の子に一目惚れするなんてありえない。でも事実だ。自分の気持ちに嘘はつきたくない。

もともと本能と衝動で生きていた高秋は、これはきっと運命だと受けとめた。

名前を知りたくて、帰り際の佳文を捕まえた。不審者ではないですよとアピールをするために、できるだけにこやかに声をかける。

「こんにちは」

「……こんにちは」

高一ですでに身長が百七十五センチあった高秋を、小五の佳文は見上げてきた。まだ眼鏡をかけていなかった佳文は、邪気のないきれいな瞳でじっと見つめてくる。まっすぐに凝視《ぎょうし》されて、高秋はぞくぞくするほどの歓喜に震えた。

「俺は笹尾《ささお》高秋っていうんだけど」

「知ってます。先生の孫ですよね」

佳文は高秋を知っていた。わぉ、と変な声を上げなかった自分を褒《ほ》めてあげたい。

「君の名前は？」

「小池佳文、第二小学校の五年です」

佳文ははきはきと答えてくれて、高秋を喜ばせた。調子に乗った高秋は「俺のこと、前から知ってたの」と聞いた。すぐに聞かなきゃよかったと後悔した。

「……知ってます。よく母さんたちが噂《うわさ》してるから。やりちんって」

小学生の口からヤリチンなんて言葉が飛び出し、仰天《ぎょうてん》した。しかもそれは自分を指している。高秋は目の前が真っ暗になった。

「……そんな噂が……あるんだ……？」

「意味はわからないけど、女の敵だって、母さんが言ってた。そうなの？」

「…………」

一目惚れした男の子に「女の敵」呼ばわりされて、高秋は撃沈《げきちん》した。力なく「またね」とだけ別れの言葉を言い、よろよろと自分の部屋に引きあげた。

本能のおもむくままに、言い寄ってくる女の子たちを食い散らかしていた自分の節操のなさを、激しく後悔したのは言うまでもない。

これからは清く正しく生きていこう。あの子にヤリチンと呼ばれないように。

その夜、高秋ははじめて男の子をネタにオナニーをした。佳文を裸に剝《む》いて、なにも知らない無垢《むく》な体を蹂躙《じゅうりん》する想像に激しく興奮した。自分は両刀《バイ》だったのかと自覚した十六歳の夏――。

翌日、高秋は中学時代からの親友である川口啓一《かわぐちけいいち》に相談した。

「小池佳文くんっていう小学五年生の男の子に一目惚れをしたんだけど、告白したら受け入れてもらえるかな」

川口は唖然《あぜん》として、食べかけのあんパンをぽろりと落とした。食い意地がはっている川口が食べ物を落とすなんて、よほど驚いたのだろう。

太めのせいで汗かきの川口は、制服のポケットから取り出したタオルハンカチで額を拭き、ひとつ息をついた。

「それは、冗談じゃないんだな?」

「冗談でこんなことは言わない」

「おまえ、男もいけたのか……っつーか、ショタじゃねぇかよ、それ!」

川口は両手で頭を抱《かか》え、苦悶《くもん》の呻《うめ》きを上げた。高秋はショタの意味がわからず、きょとんとしていた。

「俺ってさ、ヤリチンだとか女の敵だとか呼ばれてるんだな。知らなかったよ。これからは心を入れ替えて、佳文くん一筋になる」

「ちょっと待て。その子とセックスしたいって言うんじゃないだろうな。相手は小五なんだろ。おまえ、捕まるぞ!」

それから川口はこんこんと性犯罪について説《と》いてくれた。小学生の男の子を実際に性の対象にしてはいけないこと、手を出すのはもちろん、言い寄ってもいけないこと。

本気で好きなら成長するまで黙って見守っていろと、川口は言った。

我慢できずに襲ったりしたら、佳文に一生恨《うら》まれるかもしれないぞと怖い予言をされて、高秋は行儀よく待つことに決めた。

性欲旺盛《おうせい》な年頃で、すでにセックスを知っている高秋にとって、それからの日々は地獄《じごく》のようだった。モテるので誘惑は多い。だがヤリチンの汚名《おめい》を返上するためには、誘われるままに精液を撒《ま》き散《ち》らしている場合ではなかった。

書道教室に通ってくる佳文を、高秋はこっそりと盗み見してはオナニーのネタにした。勇気を出して話しかければ、佳文は礼儀正しく答えてくれる。気持ちのきれいな子で、ぴんと伸びた背筋と一緒でまっすぐな性格をしていた。

会うたびにどんどん惹かれていく。笑いかけてもらえれば、何日もハッピーな気分が持続した。

高秋は佳文に夢中になった。

そして月日は過ぎ、佳文が高校生になったとき、高秋ははじめて想いを告げた。

「君のことがずっと好きだった。つきあってほしい」

緊張のあまり声が震えた。高秋にとっては一世一代の告白だったが、あっさりと断られた。

「つきあえません」

「ど、ど、どうしてっ？」

「どうしてって、高秋さん、男でしょ。俺はゲイじゃないんで」

完膚《かんぷ》なきまでに拒絶され、高秋はそれから一週間ほど引きこもりになった。だが一週間と一日後、健康な体に宿った健康な精神は自然と復活した。

佳文はまだ十六歳だ。人の愛のなんたるかを知らない。そのうちわかってくれるかもしれないではないか。

高秋は諦《あきら》めないことにした。

それからの日々は、ひたすらアタック、アタック、アタック。バレーボールなんてしたことがない高秋だが、ひたすらアタックした。成功率はゼロという最悪のアタッカー。だがめげなかった。

佳文の高校の近くに出没しては登下校中に声をかけ、愛を説いた。高校生男子にしたら、年上の幼馴染みに迫《せま》られるという日々は、迷惑以外のなにものでもなかっただろう。人目を気にしない高秋のせいで、佳文もゲイだと噂されていたらしい。

けれど正義の男である佳文は真剣な高秋の気持ちを蔑《ないがし》ろにはせず、いつも真摯《しんし》に受け止めて、丁寧に断ってくれていた。

そんな佳文に高秋はますます恋心を募《つの》らせることになったわけだが。

「佳くんみたいな男前、俺はほかに知らないよ」

高秋は佳文が出勤したあとに食事を最後まで食べて、シンクで丁寧に食器を洗いながらつぶやいた。

家事全般が苦手なので、何事も慌てると失敗しがちになる。そんな高秋に佳文は「とにかく丁寧にやることを心掛けろ」と教えてくれた。

できるだけゆっくりと慌てずに茶碗と皿を洗い、水切りかごに入れた。濡れた手を拭いてから仕事部屋へ行く。

佳文と同棲するまでは座敷で仕事をしていたが、いまは祖父の部屋を引き継いで使わせてもらっている。座敷は二人の寝室なのだ。

「文机の上……」

佳文が言い置いていった通り、仕事部屋の文机の上にメモがあった。

「えーと、△△会館の屏風《びょうぶ》を明日までに完成させること、□□協会に依頼されている色紙五枚を今週中に書くこと、それと、午前中に○○デザインから××出版の本の装丁の件で電話があることになっている……か」

ふむふむと頷きながら、高秋は佳文の字はいつもながらきれいで読みやすいなと感心する。

メモを文机に戻し、引き出しから色紙を取り出した。

「なにを書けばいいんだっけ?」

依頼されたときは覚えていても、いざ取りかかろうとしたときに忘れていることはよくある。そんなときは佳文が依頼別に整理してくれているファイルを見ればいい。

佳文は家事を完璧《かんぺき》にこなすだけでなく、書道家として活動している高秋のサポート役も担《にな》ってくれていた。

同棲するまでは高秋が一人でなにもかもをこなしていたのだが、大雑把《おおざっぱ》でうっかり屋の性格はどうにもならない。依頼を忘れて何度か締め切りを破ってしまい、クライアントに迷惑をかけたり怒らせたりしていた。

いまでは佳文のおかげでまったくそんなことはない。

色紙には夏を意識した文字を、とファイルに明記してあった。

「ん、わかった。夏ね」

祖父の遺品でもある愛用の硯《すずり》で、高秋は墨《すみ》を擦《す》りはじめた。こうしてちょうどいい濃さの墨汁《ぼくじゅう》をつくるまでのあいだに、頭の中でいろいろと文字を考える。

高秋は大学在学中に書道家として独《ひと》り立《だ》ちし、祖父の死後、家を引き継いだ。両親は仕事の都合で海外に行ったまま戻ってきていなかった。それから佳文と同棲するまでの数年間は一人暮らしだった。

小説の題字、時代劇ドラマのタイトルなど、いくつか大きな仕事が入り、それなりに名前が売れ、実績を積んでいく。

だがどんな字を書いていても、脳裏に浮かぶのは佳文の顔だ。佳文のことを考えないようにしても、どうしても考えてしまう。そのうち、佳文を思い浮かべなければなにも書けないことに気づいた。

高秋にとって佳文はミューズなのだ。もはやなくてはならない存在だった。佳文を愛さなくなれば、きっと高秋は死んでしまう。それほど愛は深く崇高《すうこう》なものに昇華していた。

「佳くんの夏……。浴衣《ゆかた》に団扇《うちわ》、花火……。今年も庭で一緒に花火をしたいな」

ふふふと笑いながら、高秋は去年の夏を思い出す。高秋の願いを聞き入れて、佳文は浴衣を着てくれた。日が暮れたあとの庭で花火を楽しみ、そのあとはもちろん、浴衣エッチだ。

どうして浴衣ってエロいんだろう？　夜の縁側に佳文を押し倒して、高秋は浴衣の裾《すそ》をかきわけ、佳文の股間《こかん》にむしゃぶりついた。佳文は快感にむせび泣きながら、「こんなところでサカるな、獣《ケダモノ》」とか「いつもよりデカくしてんじゃねぇよ」と高秋に悪態をついていた。でもそんな佳文の目は欲情に潤《うる》んでいて、乳首《ちくび》はびんびんに尖《とが》りきっていた。

あのときの興奮は忘れられない。いかん、勃ちそうだ。

「ああ、佳くん……」

佳文のあられもない姿を思い出しながら、高秋は筆を取る。ほとばしる愛をこめて、色紙に

「花火」と書いた。続けて「浴衣」とも。

「海にも行った。渋滞を避けるために早朝から車を出して……」

庭先の朝顔がきれいに咲いていた。ハンドルを握る佳文の横顔は、やっぱり凜々しくて、咲いたばかりの朝顔のように瑞々《みずみず》しくて、高秋はうっとりと見惚れたものだ。色紙に「朝顔」という字も書く。

海には行ったが海水浴はしない。佳文の水着姿を不特定多数の男女に晒《さら》すなんてとんでもないことだからだ。

眺《なが》めのいいレストランで新鮮なシーフードに舌鼓《したつづみ》をうち、美術館でぶらぶらした。その美術館の裏が森で、遊歩道が作ってあった。二人で森林浴を楽しみながら歩いた。なんとなくいい雰囲気《ふんいき》になってキスをして――高秋はもよおした。

人気《ひとけ》がないのをいいことに、木の幹に佳文をしがみつかせ、後ろから獣《けもの》のように繋《つな》がったのだ。とろけるような快感に我を忘れた。木漏れ日がきらきらと輝いていた――。

「ああ、佳くん……」

佳文の素晴らしさをどう表現したらいいのかわからない。「海」「太陽」と書き、無意識のうちに「青姦《アオカン》」と書いていた高秋だ。

佳文のいない人生なんて、考えられない。

振り向いてもらえて、本当によかった。想いが通じて恋人になれた日の感動を、高秋は昨日のことのように思い出せる。

あれは高秋が三十歳になったばかりのころ――。銀行の口座にはかなりの額の預金ができており、高秋のささやかな自信になりつつあった。

ある日曜日に、高秋は佳文を家に呼び出した。屏風に書いた「華」という字の前で対峙《たいじ》する。百貨店での展示即売会用のものだった。

佳文は屏風を見て褒めてくれた。高秋の祖父を尊敬していた佳文は、その孫である高秋のもっとも身近なファンになってくれていた。

「高秋さんの字、俺すごく好きだよ」

「ありがとう」

ストレートに褒められて嬉しい。佳文は微笑《ほほえ》んで屏風を眺めている。よし、いけるかもしれない。今度こそ。

「佳くん、好きだ」

想いをこめて何度目かわからない告白をした。佳文は屏風から高秋に視線を移し、じっとまっすぐに見つめてくる。

「好きだ。愛してる。君が俺の愛を受けとめられないとわかっていても、諦めることなんてできなかった。ごめんね」

二十五歳になっていた佳文は、すでに立派なサラリーマンだ。そのうち気立てのいい女性と恋に落ち、結婚してしまうのではないかと、高秋は恐怖を抱《いだ》いていた。

「……最初に告白をされてから、もう十年がたつけど、高秋さんの気持ちは変わらないんだね」

二十歳を過ぎたころからかけはじめた眼鏡のブリッジをちょいと上げ、佳文はひとつ息をついた。

「俺のどこがそんなにいいの？」

「えっ、えっ？」

そんな質問をされたのははじめてだった。

「どこ…って、一目惚れだったから…。その、佳くんの全部が好きだよ」

「一目惚れ？　それって、いつのこと？」

高秋はシマッタという顔を露骨《ろこつ》にしてしまった。佳文が胡乱《うろん》な眼で見てくるのに強張《こわば》った笑みで返したが、しらを切り通すのは無理だとあきらめた。

「……その、佳くんが、小五…くらいのときかな……」

佳文は軽く目を見開き、「へぇ…」と感嘆《かんたん》したっぽい声を出した。

それはいったいどんな感情からきたものだろうか。子供に惚れるなんて変態だとか、それから十数年もたつのに執着心《しゅうちゃくしん》が強すぎだとか、そういうマイナス感情からの「へぇ…」か。

どうしよう、佳文に嫌われたら――。

涙目になった高秋に、佳文は追い打ちをかけるような質問をしてきた。

「高秋さんって小児性愛者の危ない人？」

「そ、そんなことは……っ！」

危なくない、子供が好きなわけじゃない、好きなのは君だけだよと、高秋は焦《あせ》って否定した。

佳文はその焦る様子を観察したあと、ふっと笑った。

「冗談だよ。小児性愛者だとは思ってない。だっていまの俺はもう二十五のオトナだし。でも高秋さんはゲイじゃないよね。昔は近隣の美少女を手当たりしだいに食ってたって話だし」

「そ、それは、昔の話だからっ」

佳文に惚れてからは一切ない、操《みさお》を立てていたのだと説明し、高秋は縋《すが》りつかんばかりの口調で思いのたけを言葉にした。

「佳くんが好きなんだ。絶対に大切にする。ずっと愛していく自信はある。あ、そうだ、俺の銀行の通帳、見てみる？　全部、佳くんにあげる」

「なにバカなこと言ってんだよ」

高秋は本気で言ったのに佳文は笑い飛ばした。そして黙ったあと、「うーん…」と考えこむ。すぐに断ってこない佳文に、高秋はじわじわと期待を高めていった。

「佳くん、佳くん、あの……佳くん」

もっとアピールしなければと思うのだが、言葉が出てこない。

「俺、高秋さんのこと、本当のところ嫌いじゃないんだよ。これだけしつこくされても許せちゃうくらいには、好きなんだと思う」

「佳くんっ！」

感激のあまり抱きつこうとしたら、するっと逃げられた。空を切った両手が虚《むな》しい。

「よ、佳くん？」

「高秋さん、俺とやりたいだけなんじゃないの？」

暴走しかけた高秋は、慌てて両手を背後に隠した。違うと首を左右に振るが、佳文は疑わしそうに見てくる。

「俺が告白を受け入れたら、即、押し倒そうと思ってない？」

「お、お、おおお思ってない、です」

いや、思ってる。というか、十四年分の愛と欲望がすでに限界にきている。満タン状態を越えてはちきれそうだ。

「とりあえず、清いお付き合いからはじめられるんなら、いいよ」

「佳くんっ！　ホントに？」

「だって諦めそうにないから。このままだと、高秋さん、死ぬまで俺のこと追いかけそうじゃない」

そんな言い方をしながら、佳文は照れたように唇を尖らせて横を向いた。そのツンデレっぷりに、高秋のメーターは振りきれた。

「よよよよよよ佳くぅぅぅぅうん！」

「えっ？」

驚愕《きょうがく》の顔をした佳文を、高秋はその場で押し倒して上に乗っかり、服をむしり取った。

「清いお付き合いって言っただろ！」

抗議する口はキスで封じた。夢にまで見た佳文の唇は柔《やわ》らかくて甘かった。強引に舌を挿《そう》入《にゅう》して絡めれば、とろけるような快感で頭が真っ白になる。キスだけでいってしまいそうだ。

「ああ、すごい。佳くん、佳くん」

抵抗する佳文から服を奪い、裸にして隅から隅まで舐めまわした。佳文は「やめろ」とか「嫌だ」とか顔を真っ赤にして抗議しながらも、感じて悶えてくれた。細い腰を捩《よじ》らせて快感に耐える佳文は超絶に美しく、それだけで我慢できなくなった高秋は一回射精した。もちろん佳文の乳首にめがけて。

後ろの穴を舐めてとろとろにしてから体を繋げた。入れただけで高秋は射精してしまい、復活するまでに佳文を二回いかせた。

深夜、失神するようにして眠った佳文を抱きしめて、高秋は飽《あ》きることなく朝までその寝顔を眺め続けた。

佳文は翌日起き上がれなくて会社を休むはめになり「加減をしろ」と高秋に説教したが、もう嫌だとは言わなかった。

そして次の週末には、なかば強引に引っ越しさせ、佳文との同棲生活がスタートした。最初は不本意そうだった佳文だが、高秋の生活がいろいろと破綻《はたん》しそうな状態だったので、黙ってサポート役をしてくれるようになった。

いまでは佳文がいないとパンツがどこにしまってあるのかすらわからない高秋だ。

「よし、色紙はできた。あとはなんだ？」

佳文のメモを見ながら、仕事をこなしていく。気がつくと、とうに正午を過ぎていた。どうりで空腹を感じるはずだ。

高秋は作務衣姿のまま雪駄《せった》を履《は》いて家を出た。歩いて十分ほどのところで、同級生が喫茶店を経営している。平日の昼食はだいたいここですませていた。

喫茶店『River』は住宅街の隅っこに位置し、営業を開始してからすでに三十数年がたっている。高秋の同級生は親から店を引き継いだ二代目だった。

あたたかい雰囲気の木の扉を開けて店内に入ると、「いらっしゃいませ」と聞きなれた野太い男の声が迎えてくれる。

「おう、笹尾か」

カウンターの中から小太りで丸顔の友人が笑いかけてきた。中学時代からの友人、川口啓一だ。

店内は五人ほどが座れるカウンターと、四人掛けのテーブル席が五つという規模で、すでに八割がたの席が埋まっていた。みんなランチセットを美味しそうに食べている。

ほとんどが近所に住む常連客で、入店した高秋に「あら、高秋くん」とか「調子はどうだ?」とか気安く笑いかけてくれる。それらを適当に流しながらカウンターのいつもの席につく。

「今日のAランチはビーフシチューで、Bランチはスモークチキンのサンドイッチだ。どっちにする?」

川口が高秋の前に水とお手拭きを置いてくれた。

「んー、どっちも美味《うま》そうだな」

この店は川口夫婦二人できりもりしている。接客と飲み物を川口が担当し、食べ物を厨房《ちゅうぼう》で作っているのは奥方だ。奥方の腕は確かで、この店のランチは美味いと評判だった。

「小池くんは今日も帰りが遅いのか?」

「たぶんね」

唐突に佳文の名前が出たが、高秋は頷く。

「じゃあビーフシチューにしたらどうだ。サンドイッチはテイクアウトにしてやるよ。おやつにでもしろ」

小学生に一目惚れして悶々《もんもん》とする高秋に、犯罪者にだけはなるなとブレーキをかけてくれたのがこの同級生だ。恩人のようなものだった。

すべて知っていながらこういう気遣《きづか》いをしてくれる、いい友人だった。

よく煮込まれたビーフシチューに舌鼓をうち、サンドイッチを箱に詰めてもらった。そのころにはランチタイムが終わり、高秋以外の客が帰っていて、店内は静かなピアノ曲が流れるだけになっている。

時折、厨房の方から奥方が片付けをしている物音が聞こえてきていた。

「なあ、笹尾。小池くんのことだけどな」

食後のコーヒーをゆっくりと飲んでいた高秋は、ためらいがちに口を開いた川口を見た。

「佳くんがなんだ?」

「このあいだ、偶然駅前のスーパーで会ったんだ。ほら零時《れいじ》まで営業している店があるだろ。あそこで十一時頃だったかな……仕事帰りだったと思うんだけど、スーツ姿で買い物してた」

「ああ、うん、頼まれて俺が買い物に行くときもあるけど、ほとんどは佳くんが帰り際に買ってくるんだよ」

食事のメニューはすべて佳文が立てている。

栄養が偏《かたよ》らないように考えられているし、食材の選び方にもこだわりがあるようなので、必然的に買い物も佳文が行うようになったのだ。

そう言うと、川口はちょっと驚いた表情をする。

「前に、洗濯《せんたく》も掃除も小池くんがやっているって言っていなかったか?」

「あー、うん、ほとんどは佳くん。でも俺だって、たまにはやるよ」

川口は困ったように高秋を眺めた。

「一緒に暮らしはじめた当初は、もうちょっと分担していただろう。いつのまに、そんなことになったんだ」

「……そんなこと、って……」

非難されている雰囲気に、高秋も困った。

「佳くんが、俺にやらなくていいって言うから……。俺は自分の仕事をしていろって」

「会社勤めして家事をやって、おまえのスケジュール管理まで請け負《う お》ってんだろ？　小池くん、完全にオーバーワークなんじゃないのかな。スーパーで会ったとき、なんだか顔色が悪いなって思ったんだ」

「えっ……」

思ってもいなかったことを指摘されて、高秋は戸惑《とまど》った。

「いまどき共働きの夫婦なんて珍しくないけど、片方に負担が多いと、不満って溜まっていくもんだぞ。きちんと家事は分担しろ」

「でも、佳くんが……」

高秋がやるよりも佳文の方が手際がよく上手《じょうず》なので、そういうことになったのだと思う。

「あきらかに小池くんに頼りすぎだ。あんな疲れた顔をさせるなんて」

「そんなに疲れた感じだったか？」

そこまで言わせるほどに元気がなかったのかと、高秋は青くなった。

「まあね。最初は店の照明のせいで顔色が悪く見えるのかと思ったくらいだ。でもちょっと話してみたら元気がないし、これは疲れが溜まっているのかなって」

「佳くん、俺にはなにも言わないから……」

「そりゃ笹尾に心配させたくないからだろ。それか、もう諦めているかのどっちかだな」

「えっ？」

不吉な言葉に、高秋は思わず立ち上がった。

「あ、諦めているって、なんだよそれ」

「ああ、ごめん。言い過ぎた」

「なにを諦めるんだ、なあ、なにを？」

「だからごめんって」

高秋の動揺っぷりに、川口が慌てて謝ってくる。だが頭の中にいったん入りこんだ恐ろしい言葉は、なかなか消え去ってはくれない。

佳文が疲れている？　諦めている？

高秋が頼りきっていて、現状に微塵も疑問を抱いていないから、なにも言わないのだろうか。

このままではマズイのでは――？

「………どうしよう、川口………」

サーッと血の気が引いた。

佳文に愛想を尽かされたら、高秋は生きていけない。捨てられたら死んでしまう。あの家に佳文が帰ってこなくなったときのことを考えただけで、涙がこぼれそうだった。

「落ち着け、笹尾。考えなしにものを言って悪かった。とりあえず座れ」

へなへなともう一度腰を下ろす。カウンターに突っ伏した高秋に、川口はコーヒーを淹《い》れなおしてくれた。

「心配するな。小池くんはおまえにちゃんと惚れている。おまえみたいな面倒くさい男の愛を受け入れると決めたときに、たぶん覚悟はしていると思うから、そう簡単には投げ出さないだろうよ」

あまりフォローになっていないように聞こえるが、気のせいだろうか。

「とにかく、離したくないのなら大切にしろ。あんな疲れた顔で買い物なんかさせるな」

「うん、うん、わかった……」

高秋は何度も何度も頷き、よろめきながら自宅に戻った。

茫然とするあまりサンドイッチを持ち帰るのを忘れてしまい、あとで川口が届けてくれた。友情に感謝したのは言うまでもない。

セックスは控《ひか》えめにしよう。

高秋は苦渋の決断をした。仕事と家事で疲れている佳文を、情熱的なセックスでさらに消《しょう》耗《もう》させるのはマズイ。ほとばしる愛を体で表現したいのは山々だが、とりあえず別のことで表そう。

高秋は週一まで減らすことを決めた。休日に限定して、平日はしない。しかも一晩に一回まで。何度もしてはダメだ。

魅力的な佳文の体を前にして、果たして一回に留めることができるかどうか怪しいが、努力することにした。

欲求不満は右手で解消すればいい。かつてはオナニーマスターを自負していたほどの腕前だ。愛《いと》しい人と暮らしているのに右手でしこしこと擦《こす》るのは虚しいが、自分で自分を弄《いじ》るテクニックには自信があった。まったく自慢にもならないが。

あとは家事だ。食事に関しては佳文が譲《ゆず》らなさそうなので、掃除と洗濯にチャレンジするのはどうだろう。高秋とて一人暮らしを何年もしていたのだ。できないわけではない。ただ、下《へ》手《た》くそなだけだ。

案の定《じょう》、洗濯をやってみたら、帰宅した佳文にため息をつかれてしまった。

「俺、やらなくていいって言ったよな」

「あ、うん。でも、すこしでもと思って……」

「気持ちはありがたいけど、自分の仕事は進んだのか？」

なにをどこまで進めたのかと訊《たず》ねられて、高秋はぎくっと硬直してしまう。ひさしぶりに挑戦した洗濯に時間がかかってしまい、今日の午後、仕事はほとんど手つかずの状態だった。

佳文は眉間《みけん》に皺《しわ》を寄せ、魂《たましい》が抜けだしてしまいそうなほどの大きなため息をついた。

「おまえは家事をしなくていい。自分の書のことだけを考えていろ。全部、俺がやっておくから」

「でも、佳くんも忙しいんだろ？」

「忙しいなんて、だれに聞いたんだ」

佳文が怪訝《けげん》そうな顔になる。

「いや、聞いた…っていうか、ここのところ帰りが遅い日が続いているから……」

「そうでもない。続いてはいないだろ」

佳文は顔をそむけて、暗にこの話はもう終わりというポーズを取った。川口が指摘した通り、佳文の顔色が悪いような気がする。

「佳くん、具合でも悪い？　ちょっと顔色がよくないと思うんだけど……」

ハッとしたように佳文は手で自分の頬を触った。もっとよく顔を見ようと高秋が覗《のぞ》きこむと、一歩後退して距離を置かれてしまう。

「大丈夫だ。どこも悪くない」

「でも、佳くん……」

「俺は風呂の用意をしてくる」

佳文は逃げるようにして廊下を去っていった。基本的に正直で嘘がつけない佳文だ。疲れているのは事実らしい。

会社の仕事が大変なのだろうか。サラリーマンになったことがない高秋は、会社勤めというものが具体的にどう大変でどんな人間がいるのかも、よくわからない。

会社での佳文はフォローできないから、やっぱり家でのあれこれを分担するしかないのだが、高秋の要領が悪すぎて結局はこうなる。

「……川口、どうすればいいのかな……」

ふくよかな顔の友人を思い浮かべ、高秋はすがるように呟いた。嫌な感じで、じわりと不安を抱いた高秋だった。

困ったことに、精神的に落ち着かないと性欲が増してしまうところがある高秋だ。夜の営みは控えようと決意したばかりだというのに、風呂上がりの佳文が美味しそうな匂《にお》いを撒き散らしながら歩いていると、押し倒したくなってしまう。

風呂であたたまって血色がよくなった佳文は、疲れが溜まっているようには見えなくなったからいけない。

「やりたいならやっちまえ」と悪魔が囁《ささや》けば「いやいや、愛しているなら休ませてあげるべきだ」と天使が戒《いまし》める。

高秋は佳文からは見えない場所で秘《ひそ》かに苦悩した。

「どうしたんだ？」

廊下の隅で蹲《うずくま》っていたところを発見されてしまい、高秋は慌てて立ち上がる。

パジャマ姿の佳文は美の女神のように、後光が差して見えた。さあ、お食べ――と言っているかのように……って、言わないから。

「ふ、風呂に入ってくる……」

作務衣の中で勃起《ぼっき》してしまった息子サンを気取られないよう、高秋は屈《かが》み気味になりながら風呂場へ急いだ。

「ああ、佳くん、佳くん、佳くんっ」

佳文の痴態《ちたい》を思い出しながら右手で自分を慰《なぐさ》めた。立て続けに二回抜いて、なんとかおさまる。

だが試練はこれからだ。毎晩、二人は座敷に布団を並べて寝ている。隣にいる佳文に手を出さずにいられるかどうか。

「じゃあ、電気を消すぞ」

いつものように佳文が照明を小玉電球だけにして、眼鏡を外し、布団に入った。高秋も緊張しながら、佳文を見ないように布団に横になる。

しばらくしてから、佳文が聞いてきた。

「今夜はしないのか?」

ひぃぃぃと高秋は叫び声を上げそうになった。誘わないでくれ、おとなしく寝てくれと内心で祈りつつ、「しない……」とちいさく答える。

「そうか」

佳文はそれだけであっさりと引いた。しないと答えておきながら、かなりがっかりした高秋だ。勝手である。

いつも訊ねてくることなんかないのに、今夜に限ってなぜ佳文は確かめてきたのだろうか。高秋がいかにもやりたそうな目をしていたのかもしれない。

佳文はすぐにすぅすぅと寝息を立てはじめた。高秋はというと、佳文が気になってなかなか寝付けなかったのだった。


翌朝、いつものように佳文に起こされた高秋は、寝不足のせいかしばらく頭がぼうっとしたまま、しゃっきりとはできなかった。

よろよろと台所へ行くと、爽《さわ》やかな笑顔の佳文がいた。昨夜はゆっくりと寝たせいか、元気な様子だ。

「おはよう」

「……おはよう……」

一晩我慢しただけで下半身が重く感じる。セックスはしていないが風呂場で抜いたにもかかわらず。おのれの性欲が恐ろしくなる高秋だ。

佳文の近くに寄っただけで衝動的《しょうどうてき》に抱きしめてしまいそうで、高秋は視線を逸らし気味にしながら朝食を食べた。絶品のはずの食事なのに、味がよくわからなかった。

「じゃあ、行ってくる。きちんと仕事しろよ」

佳文は颯爽《さっそう》と出勤していった。後ろ姿を見送った高秋の目は、どんよりと曇っていた。追いかけていきたい。あの柔らかな唇にキスをしたい。でもキスなんかしたら、それ以上もしたくなってしまうだろう。

「ううぅぅ、佳くん……」

朝っぱらから高秋はトイレで一回抜いた。

そんな状態なので、高秋はぜんぜん仕事がはかどらない。佳文のメモを見てもヤル気が起こらなくてなにも頭に浮かばず、鬱々《うつうつ》と過ごした。

だんだんと家にいたくなくなって、結局は川口の店『River』に足を向けることになる。

「どうしよう、川口…。俺って役立たずだ」

ランチの豆腐ハンバーグを箸でつつきながら、高秋はため息をついた。

「そんな湿気《しけ》たツラで食べるなよ」

川口が呆れた顔をしながらも、サービスだと言って手作りのデザートを出してくれる。瑞々しいグレープフルーツの果肉がたっぷり入ったゼリーだった。

「ほら、ビタミンを摂取《せっしゅ》して元気を出せ」

「ありがと……」

甘酸っぱいゼリーを食べて、食後のコーヒーを飲むころには、多少元気を取り戻していた。

「なにかあったのか?」

相談に乗るぞという姿勢を見せてくれた川口に、高秋は家事の分担をしようとしたが失敗したこと、ならばせめてセックスの回数を減らそうと考えたことを話した。

「おまえに指摘されて気づいたよ。佳くんはたしかに疲れているみたいだ。だから俺は我慢することにした。佳くんのためには耐えられる。こっそりと風呂場で二回か三回抜いておけば、大丈夫だと思う」

「ああ、そう……」

川口が思わず遠い目になってしまっていることに、高秋は気づかなかった。

「佳くんのために、俺はこれから右手と浮気だ」

呟きながらひたりと視線を右手にあてる。

そしてふと、自分が発した言葉がひっかかった。浮気……。

「川口……」

「なんだ」

「まさか、佳くんは浮気なんかしていないよね……？」

「唐突だな」

川口はしかめっ面《つら》になった。ランチの時間が終わり、客が高秋だけになると、川口は食器を洗いはじめる。そうしながら高秋の話に付き合ってくれた。

「小池くんに限って浮気はないだろうが、そう思わせるなにかがあるのか？」

「帰りが遅い」

「そりゃ仕事だろ」

「以前はこんなに毎日毎日遅くはなかった。この一ヵ月くらいが酷《ひど》い」

「一ヵ月か……。普通の会社は決算期に忙しくなったりするもんだが、いまはそうでもないだろうな」

川口の何気ない「そうでもない」発言が、高秋の心に引っかかった。そうか、普通の会社はいまそんなに忙しい時期ではないんだ。

では佳文だけが忙しいのはなぜだ。疲れているのはそのせいもあるだろうに。

「おい、帰りが遅いだけで浮気だと決めつけるのは短絡的すぎだぞ。はっきりとした証拠もないのに、尽くしてくれている小池くんを疑うのは間違っている」

「それは……わかっている……」

川口に釘《くぎ》を刺されたが、高秋は芽生えはじめた「浮気疑惑」を完全には打ち消せなかった。裏を返せば、高秋が自分に自信がないからだ。佳文ほど出来た人間を、自分のような欠陥《けっかん》だらけの男がいつまでも繋ぎとめておけるわけがないと考えてしまう。

高秋には書道しかない。それだけが取り柄《とりえ》なのに、昨日も今日もまともに書いていなかった。雑念だらけで書く気が起こらない。佳文のことを考えて集中しようとしても、ぜんぜんうまくいかなかった。

「佳くん……」

佳文の顔を見たい。早く夜にならないかな。

ちゃんと高秋の家に帰ってくる佳文を見て、安心したかった。

「ほら、おやつに持っていけ」

ケーキセット用のシフォンケーキを切り分けて持たせてくれた。ありがたく受け取って、高秋は念仏のように佳文の名前を呟きながら帰宅する。

今週中にやらなければならない掛軸用の書が放置されたままなのを横目に、半紙に佳文の名前ばかりを何枚も何枚も書いた。

百枚ほど書いただろうか。部屋が半紙で埋もれそうになったころ、やっと高秋は気が鎮《しず》まってきた。

「……仕事をするか……」

佳文の名前を書いた半紙に囲まれて落ち着くなんて、我ながら変態じみている――と思いつつ、筆を取る。

掛軸用の書には和歌を書くという注文だ。百人一首の中の有名な恋の歌だった。

「恋……恋心……佳くん……」

数百年も人々に愛されて語り継がれてきた恋の歌を読み、高秋は自分だって負けないくらい佳文を愛しているんだぞと胸を張った。

「佳くん、佳くーんっ」

またもや高秋は佳文のことを思い浮かべ、その情熱を筆に乗せる。大胆《だいたん》でありながらも洗練された筆使いで和歌をしたためた。

のちにクライアントに絶賛されるのだが、そんなことよりも高秋にとって佳文への想いを上手く表現できたことが嬉しい。

「……佳くん、褒めてくれるかな」

すべては佳文が基準になっている男、三十五歳の高秋だった。

高秋の禁欲生活は五日に及んだ。そのおかげか、佳文は肌艶《はだつや》がよく、家事をこなす動きもきびきびしているように見える。

日曜日、会社が休みの佳文は、朝から掃除と洗濯に精を出していた。それを高秋は庭の草取りをしながらちらちらと眺める。

太陽が中天にさしかかろうとしている時刻で、もうすぐ七月になる梅雨の晴れ間だ。庭にいるとじりじりと背中が暑かった。麦わら帽子の下から、汗が流れてくる。首にかけたタオルでそれを時折拭《ぬぐ》いながら、高秋はムキになって草取りを続行していた。

「佳くん、ああ、佳くんっ」

五日もセックスをしていない。高秋はなんとか右手で自分をごまかしていたが、それも限界に近付いていた。

不可解なことに、五日間もセックスがなく、昨夜と一昨日の夜は休日前なのにしなかったという同棲開始から五年たってはじめての事態だというのに、佳文がなんら疑問に思っていないようなのだ。

高秋は溜まりまくって辛《つら》いが、佳文はなにも感じていないのだろうか。

もしかしてどこかで発散しているのかも――なんて考えはじめると、高秋は嫉妬《しっと》の炎に焼き尽くされそうになる。

「高秋、もうそのくらいにして休んだらどうだ？　暑いだろ。続きは夕方にしろよ」

縁側から佳文が声をかけてくれ、そこにグラスがのったお盆を置いていってくれた。冷たそうな氷が浮いたグラスにふらふらと歩み寄り、一気飲みした。よく冷えた麦茶が体に染みわたるようだ。

「佳くん、おかわ……」

麦茶のおかわりを頼もうとしてハッとする。そのくらいは自分でやるべきだろう。雪駄を脱いで座敷に上がり、麦わら帽子を脱いだとたんに滴《したた》ってきた汗をタオルで拭いていると、佳文が現れた。

「はい、どうぞ」

なんと高秋が欲しいと思っていた麦茶のおかわりを差し出してくれたのだ。

「あ、ありがとう」

なんて気がきくんだろう、さすがだ。

感激しながらグラスを受け取り、また一気飲みした。

空《から》になったグラスとお盆を片付ける佳文が、ちらりと高秋を見上げてきた。

「高秋、なにか悩みごとでもあるのか」

「えっ?」

意外な質問をされて高秋は戸惑った。

「どうして、そう思うんだ?」

「いや……なんとなく、元気がないのかな……と思って」

佳文は高秋が体を求めないのを、不審がってはいたらしい。なにか悩んでいるからそれで頭が一杯なのではと結論づけたのだろう。

「悩みは、とくにないよ」

視線を泳がせながらも、なんとか嘘をつく。

「本当になにもないのか？」

探るように見上げてくる佳文が、顔を近づけてきた。きゅっと引き結んだ唇が、まるでキスを誘っているように見えてしまうのは欲求不満だからか。

高秋は焦って顔を背《そむ》けた。

「そう言う佳くんだって、俺に言ってないことがあるんじゃないのか」

つい勢いでそう言い返したら、佳文が驚いたように瞠目《どうもく》した。お盆の上で空のグラスが揺れる。

「俺？　俺はべつに、言ってないことなんてないさ……」

佳文はすっと視線を逸らした。そのまま背中を向けて逃げるように座敷を出ていく。

「……佳くん？」

思いがけない佳文の反応に、高秋はしばし茫然とした。嘘をつけないのは佳文も同様だ。いままで嘘などお互いについたことがなかったから、それで不都合はなかったが、佳文のいまの反応はあからさまに「秘密があります」と言っているようなものだ。

「なに？　どんな？」

佳文が高秋に言っていないこととは、いったいなんだろう？　いいこと？　悪いこと？

さっきの反応ではいいことのようには思えない。

「ど、どどどど、どうしよう……」

高秋はおろおろと座敷をさ迷った。実際にはぐるぐると回った。

もしかして高秋の危惧《きぐ》が当たっていたのだろうか。会社勤めと家事と高秋のサポート役のすべてをこなすのがきつくて疲労が溜まっており、精神的に疲弊《ひへい》して、高秋から離れたいと思いはじめているとか。

もう離れようかなと、本気で考えているとか。

「そんなの、いやだよ」

この家でふたたび一人になるなんて、想像しただけで号泣しそうだ。

この五年、同棲という事実に安心しきって、佳文の一生を手に入れたと勘違いして、佳文の優しさに胡坐《あぐら》をかいていた自分を殴《なぐ》ってやりたい。

「佳くん、佳くんっ」

動揺しながら高秋は佳文を追いかけようとして、足をとめた。追いかけてどうする。なにを言えばいいのかわからないのに。

内緒にしていることはなんだと詰め寄っても、佳文は喋《しゃべ》るだろうか。言わないということは、まだ言う時期ではないということかもしれない。佳文は時期がきたら、きっと話してくれる。

そう思うことにして、高秋は動揺をぐっと飲みこんだ。


昼間、一人で家にいると悪いことばかりを考えがちだ。『River』で川口《かわぐち》に愚痴《ぐち》をこぼしても解決にはならない。

仕事をしなければならないと思いつつも、なかなかその気になれない高秋《たかあき》は、佳文《よしふみ》作のファイルをぱらぱらとめくった。なにか興味が引かれる依頼はないかなと。

ファイルにはまだ引き受けるかどうか返事が保留中の依頼も入っている。

「あ……」

ふと記憶に引っかかることがあった。一ヵ月ほど前に、見覚えのある会社名で依頼があったことを思い出したのだ。

「これだ」

ムーンスター損保株式会社という会社が、社屋の大会議室に飾る書を依頼してきている。

「佳くんの会社……」

見覚えがあるはずだ。ここは佳文が勤めている会社ではないか。

依頼内容には会社設立四十周年式典に合わせて、とある。返事を一ヵ月も先延ばしにしていたのは、単に佳文の勤務先だと気づかず、興味を引かれなかったからだ。

式典は秋のようなので時間に余裕がある。だから依頼のあとの問い合わせがまだ来ていなかったのだろう。

「これ、引き受けよう」

高秋の書が自分の会社に飾られると聞いて、佳文はどう思うだろう。喜んでくれるだろうか。いや、しばらく秘密にしておこうか。

「会社に行ってみて、偶然会えたらびっくりするだろうな……」

すごいサプライズだ。高秋は楽しくなってきた。

行ってみても佳文に会えるかどうかはわからないが、いままで勤め先をまったく気にしなかった高秋は、恋人がどんなところで働いているのか見たことがなかったのだ。

ただ佳文が毎日高秋の家に帰ってきて、一緒に寝てくれればそれで満足していた。それで幸せだったのだ。あまりにも呑気《のんき》だったと言わざるを得ない。

高秋は文机の上の電話の受話器を取った。ファイルに明記されている連絡先の番号をプッシュする。総合受付ではなく総務部への直通番号だった。

書の依頼を受けること、できるだけ近いうちに場所を見せてもらいたいことを伝えると、「すぐにでも」と弾《はず》んだ声が返ってきた。どうやら依頼を了承したことを喜んでくれているらしい。

明日の午後に会社まで出向くことになり、高秋は一仕事終えた気分で笑顔を浮かべた。


「お待ちしていました」

約束の時間に出向いた高秋を、社長と副社長が揃《そろ》って迎えてくれた。

高秋は書道家らしく和装だ。実は洋服のセンスがいまいちだと佳文に言われたため、それ以降は外出時に着物を着ることが多くなった。今日は季節にあわせて麻の着物を着てきた。

背が高い男が和装だと、非常に目立つようだ。本社ビルに着くまで通りすがりの人たちにじろじろと眺《なが》められたし、いまは社長と副社長が感心したように視線を向けてくる。二人とも高秋の顎《あご》あたりまでの身長で、小太りで頭髪が薄い。そうでなければ会社のトップは務まらないという決めごとでもあるのだろうか。

「さすが書道家でいらっしゃいますな。着物がよくお似合いで」

「そうですか。ありがとうございます」

軽く受けながして微笑《ほほえ》むと、エントランスに居合わせた女性社員たちが「きゃあ」と黄色い声を上げた。

ここにいる社員は全員が佳文の同僚なのだ。勝手にキャアキャアと騒がれると鬱陶《うっとう》しいだけなのだが、ここは笑顔を振りまいておこう。

高秋は声がしたほうへ視線を向け、ちいさく会釈《えしゃく》してみせた。まだ二十代と思われる女性社員たちが、さらに悲鳴のような声をあげたが、社長たちが高秋を促《うなが》したのでおさらばすることになる。

「こちらのエレベーターで最上階の十階まで上がります」

副社長が率先してエレベーターホールへと案内してくれる。エレベーターは三基並んでいた。そのうちのひとつの扉がするりと開いた。

びっくりするあまり声を出してしまいそうになった。出てきたのは佳文だったのだ。佳文も目を丸くして立ち止まっている。

「あっ」

声を上げたのは佳文の横にいた男だ。一重《ひとえ》の目と割れた顎――佳文の後輩の安達《あだち》だった。

安達は高秋と目が合うと怪訝《けげん》そうに眉《まゆ》を寄せたが、すぐに社長と副社長に気づき、棒立ち状態の佳文の肩をつついた。

「先輩、先輩っ」

「あ、うん……」

ハッと我に返ったらしい佳文がぎくしゃくと社長たちに頭を下げる。安達に腕を取られて、佳文はなかば引きずられるようにしてエレベーターから離れていった。

じゅうぶんな距離を取ってから、安達が佳文の耳になにやら囁《ささや》いている。もちろん内容は聞

こえない。佳文も安達にひそひそと囁き返した。

高秋はその様子にムッとした。

おい、なんだ先輩に対してその馴れ馴れしい態度は、と高秋は安達を睨《にら》む。佳文も佳文だ。なにも高秋が見ている前で仲良くひそひそ話をしなくてもいいではないか。

「さ、どうぞ。先生」

待っていた上りのエレベーターが到着して、社長たちに促される。佳文と安達の二人が気になったが、高秋は無言で箱に乗りこんだ。

ゆっくりと閉まっていく扉の向こうで、佳文と安達がちらりと高秋を見て、さらになにやら内緒話をしているのが見えた。

気になる。めちゃくちゃ気になる。

なにを話しているのか。どうしてそんなに密着する必要があるのか。

うううぅぅ、と唸《うな》ってしまいそうになるのを堪《こら》えて、澄ました顔をなんとかとりつくろった。

佳文に相談せずに、この会社の依頼を受けたのはまずかっただろうか。ファイルを作ったのは佳文だから、自分が勤めている会社から高秋に依頼が来たことは知っているはずだ。ここに高秋がいることで、すぐに事情は把握《はあく》しただろう。

びっくりさせたかった。でもさっきの佳文は、喜んでいるようには見えなかった。

もしかして迷惑だっただろうか――。

「ささ、こちらです」

エレベーターが最上階について大会議室へと案内されたが、高秋はもはや上の空だった。


「おかえりなさい」

「ただいま」

その日の帰宅も遅くなった佳文だが、なにか言われるかとびくびくしていた高秋に特に依頼について言及《げんきゅう》してはこなかった。

だが、まったくその話題が出ないのもおかしい。避けているとしか思えなくて、我慢できずに高秋から話を切りだした。

「佳くんの会社の依頼なんだけど、俺、受けた」

「うん、わかってる。今日来ていたから」

軽くお茶漬《づ》けだけ食べるという佳文の横に座り、高秋はつぎになにを言ったらいいかとぐるぐる考える。

無言の佳文は、難しい顔をしていた。

「…………怒ってない？」

「どうして俺が怒るんだよ。おまえが興味を抱《いだ》いて引き受けたんだろう？　まったく気になららない依頼だったら、おまえは見向きもしなかったはずだ」

「ああ、まぁ、そうだけど……」

もじもじしている高秋をスルーして、佳文はさっさとお茶漬けを食べ終えた。

「風呂に入ってくる」

高秋を一瞥《いちべつ》した佳文は、さっさと風呂場へ行ってしまった。ダイニングテーブルにぽつんと取り残された高秋は焦燥感《しょうそうかん》でいっぱいになる。

どうしよう、佳文は言葉通りに怒っていない感じではない。あきらかに不機嫌だ。

ちょっと驚かせるだけのつもりだった。そのうえ佳文の職場を見学できる。素晴らしい。わくわくしながら行ったのに――こんなことになるなんて。

高秋はひっそりと青くなりながら、背中を丸めて項垂《うなだ》れた。


なんとなく妙な空気を孕《はら》んだまま、日は過ぎていく。

禁欲生活は十日を越えた。セックスをちょっと控《ひか》えるだけのつもりだったが、いざそういう生活に突入してみたら、こんどはどんなふうに誘えばいいのかわからなくなってしまった高秋だ。

佳文は佳文で、高秋がなにか悩んでいると思いこんでいるので、そっとしておくつもりなのか、もう「しないのか?」なんて言ってはこない。

高秋の今朝《けさ》の朝勃《あさだ》ちはすごかった。高秋自身がびっくりするくらいの勢いで勃っていた。いくら右手で抜いても欲求不満の解消にはならない。愛する佳文と抱き合ってこそ、魂《たましい》の解放があるのだ。溜まりに溜まった鬱憤《うっぷん》が朝勃ちとなって現れたのだろう。おさまるまで待っていたら、佳文の出勤を見送ることができなかった。高秋、同棲《どうせい》五年にしてはじめての失態である。

しかも、なかなか布団から出てこない高秋を、佳文は具合が悪いのかと心配してくれた。なんとも説明のしようがなくて、高秋は生まれてはじめて仮病を使うことと相成《あいな》ったのである。

その後、佳文からメールが届いた。仕事中にメールを送ってくるなんてめずらしい。

『体調はどうだ?　かなり悪いようなら我慢せずに病院へ行け』

いつも通りのそっけない文面ながら、心遣《こころづか》いがきちんと伝わってくる。でも最後の一文で奈落《ならく》の底に突き落とされた。

『早く帰りたいが、今日も遅くなりそうだ。安達と晩飯を食ってから帰る』

ガーン……安達と晩飯……。あの生意気な後輩か。佳文に馴れ馴れしく近づいて、わざとらしく内緒話なんかしていた。

まるで高秋に見せつけて優越感に浸《ひた》っていたような安達の目を思い出すと、高秋の腸《はらわた》がぐつぐつと煮えてきてしまう。

「佳くん、まさか、まさかだよな……。あの顎が割れた後輩の方が、俺よりいいってことはないよな？」

佳文からのメールを何度も何度も読み返す高秋は、やっぱり仕事がはかどらないのだった。


そんなこんなでまた週末がやってきた。

佳文は溜まった家事を片付けると朝から意気込んでいて、外出の予定はないと言う。高秋はあいかわらずの禁欲生活で、股間《こかん》が重かった。一日中、大好きな人と一緒にいて爆発しないか心配だ。

佳文との空気は改善されていないが、会社に行かずに家にいてくれると、高秋は自分の情緒が安定するのがわかった。仕事への意欲もわいてきて、筆を取る気にもなってくるから不思議だ。

家の中をぱたぱたと忙しそうに歩きまわる佳文の気配を感じながら、高秋はいくつか書をしたためた。ちょっと休憩《きゅうけい》をしようと仕事部屋を出る。もしよければ佳文を誘ってお茶タイムにしようかと、姿を探した。

「なんだよ、休みの日に」

台所に入ろうとして佳文の声が聞こえ、高秋は足をとめた。いつも自分に語りかけるのとはちがう響きの話し方だった。

そっと覗《のぞ》き見《み》すれば、佳文がシンクに凭《もた》れかかった格好で携帯電話を耳に当てている。

「休みの日はそれなりに忙しいんだよ。溜まった家事を片付けなくちゃならないから」

佳文はいくぶんぶっきらぼうに、電話でだれかと話している。だが電話がかかってきたことを迷惑がっているという感じではなかった。うっすらと笑みを浮かべている。仕方がないなあ、もう——といった表情だ。

だれだ、だれと話しているんだ？

「んー…、それは月曜の朝、説明する。いま手元に書類がないから」

どうやら会社の同僚だ。高秋はホッとした。

「だからさ、それはいまさらだろ。もう五年も暮らしているんだから。あいつが書道家なのはもう二十年近くも前からなんだ」

胸を撫《な》で下《お》ろした直後に、高秋はぎょっと目を剝《む》いた。

五年も暮らしている、書道家——というのは、高秋と同居していることを指しているにちがいない。

「俺が高秋の奥さん？　ははは、それは、まぁ…役割としてはそうなのかもね。意識したことはないけど、高秋はそう思っているのかな……」

佳文はちいさく笑っているが、どんな顔でそのセリフを吐《は》いているのかよく見えなかった。

いままで聞いていなかったが、佳文は会社にカミングアウトしているのか？　それとも、電話相手の同僚にだけ打ち明けているのか？

どちらにしろ、いま佳文が話している相手は、佳文と高秋のことを知っているのだろう。

「そのへんのことは、もう納得してくれていると思っていたよ。だから、仕方がないだろ。生活を変えるのは簡単にはいかない。それなりの準備期間が必要だし――いきなり高秋にそんなことは言えないよ……」

えっ？　えっえっ？　生活を変える？　いきなり言えない？　どういうことだ？

「安達、何度も言わせないでくれ」

佳文が口にした名前に、高秋は息を飲んだ。

電話相手はあの後輩か。

「だから待ってくれ。そういう話になっていただろ？　休みの日に電話してきてそんなこと言われても……。うん、うん、それはまあ……。そうだな……最後の奉公だと思って、それは精一杯やらせてもらうつもりだけど」

最後という言葉に、目の前が真っ暗になる。

「安達がいてくれて、本当によかったよ。感謝してる。うん、うん……。ごめんな、いろいろと迷惑かけて。あとちょっとの辛抱《しんぼう》だから」

安達になにを感謝しているのだろうか。

あとちょっと辛抱したらなにがあるのだろうか。

「うん、時機をみて、ちゃんと高秋には話すつもりだ。勇気がいるけど、俺はもう決めているから――。そうだな、安達がいてくれたら、俺は……」

高秋はもう聞いていられなくなって、その場を去った。仕事部屋に飛びこみ、床に倒れこむ。

まさか――まさかなのか……？

生活を変えるって、佳文はここを出ていく予定なのか？　高秋に言えないことというのは、心変わりをしてしまったことなのか？　安達が新しい恋人なのか？

「いやだ、そんなの、いやだ……。佳くんっ」

佳文が出ていくかもしれない。ここで暮らしていくことが嫌になって、高秋に愛想を尽かして、安達と新しい生活をはじめるために、旅立つつもりなのかもしれない。

最後の奉公ってなんだ？　高秋のために家事を完璧《かんぺき》にこなすことか？

そんなことしなくても、ただそばにいてくれればいい。家の中が汚くなっても、ご飯が不味《まず》くなっても、そんなことはたいした問題じゃない。高秋にとって佳文だけが一番大切なのだ。

佳文がいてくれれば、ほかになにもいらない。

「佳くん……こんなに愛しているのに……」

ない知恵を絞《しぼ》ってセックスを控えたが、意味がなかったのか。その分の精力を、佳文は新しい恋人に捧《ささ》げているのかもと思うと、嫉妬《しっと》で頭がおかしくなりそうになる。

「佳くんは俺のものだ、俺だけの――」

だれにも渡さない。佳文は自分だけのものだ。

「出ていくなんて、許さない」

高秋は悲愴《ひそう》な顔で立ち上がり、ふらふらと仕事部屋を出た。佳文の姿を探して家の中を歩き回る。台所にはもういなかった。

どこだ、どこにいる。そんなに広い家じゃないのに、どうして見つからない。

佳文は風呂場にいた。Tシャツと短パンで風呂掃除をしていたのだ。

笹尾家は作りが古いので当然、水回りも古いままだった。ユニットバスであれば掃除は簡単かもしれないが、タイル張りの床や壁はこまめに掃除をしないと、すぐにカビが生えてしまう。

佳文は額に汗をかいて、熱心にタイルを磨《みが》いていた。

「ん？　高秋？」

ぼうっとした目つきで立ち尽くす高秋に気づいて手をとめ、不審そうなまなざしで見上げてくる。

「どうした？　腹が減ったのか？　それとも、墨《すみ》がないとか？　筆がないとか？」

ちがう。墨も筆もストックはたくさんある。書きたいときに書けなくてはいけないと、佳文がたくさん買い置きをしておいてくれているから。

高秋が愛用している道具は、そのへんの文房具屋で売っているようなものではない。その道のベテランの職人が手作りした逸品《いっぴん》ばかりだ。紙も、墨も筆も、すべて佳文が直接職人と連絡を取り合って、取り寄せてくれている。

佳文がいなくなったら、高秋は書を書くことすらできなくなる。なにも思い浮かばないうえに、道具すらなくなるのだ。

なにもなくなってしまう。高秋は佳文がいなくなったら生きていけない。

「ちょっと待っててくれ。もう終わるから」

佳文は蛇口《じゃぐち》に繋《つな》いだホースから水を出し、一気にタイルを洗い流す。

短パンからすらりと伸びた白い足に、高秋の視線は吸い寄せられた。体毛が薄い佳文の足はつるりとしていて、臑毛《すねげ》はほとんど見当たらなかった。

なんてきれいな足だろう。行為の最中に、あの足が高秋の腰を挟《はさ》むようにすることがある。快感に耐えきれなくて、いきそうになって、もっとと誘うように挟むのだ。

「佳くん……っ」

「な、なんだ?」

ホースを持ったまま、高秋の勢いに押されたように佳文が一歩引いた。開いた距離の分をすぐに埋めたくなるのは人としての性《さが》だろうか。距離を詰めて、ホースの手を掴《つか》む。

「おい、濡れるぞ」

タイルで撥《は》ねた水が高秋の足にかかり、作務衣の下衣を濡らした。だがそんなことにいちいち構っていられない。

「佳くん、俺になにか隠しているだろう?」

「えっ、えっ?」

佳文がギョッとしたように目を見開き、視線を逸《そ》らした。妙な間が開いたあとで、「あるわけないだろ」と戸惑《とまど》いを感じさせる口調で言う。

やっぱり佳文は嘘が下手《へた》だ。高秋も下手だが、佳文はさらに下手だと思う。

あきらかに隠し事をしているといった態度に、高秋は悲しくなった。もしかしてと信じたくなかったが、心変わりをしてしまったのか。安達の方がいいのか。

最後の奉公として風呂場を磨きたてていたのか——?

「佳くん、佳くんっ」

だれにもやらない。佳文は自分だけのもの。

未来永劫、自分だけのものであって、他のだれのものでもない。

「ちょっ、ちょっと、高秋? おいっ!」

佳文の叫び声と人の手から離れたホースが派手に水をばら撒《ま》く水音が重なった。

「冷てぇっ! なにすんだよ、高秋っ!」

「佳くん……」

高秋は衝動のままに佳文をその場に押し倒した。水に濡れた固いタイルに倒された佳文は顔をしかめて抗議したが、高秋の耳にはもうなにも届いていなかった。

だれにも取られたくない、一番愛しているのは自分のはず、どこにも行かせない――それだけで頭が一杯になっていた。

「おいっ、やめろよ！」

ガツンと顔に衝撃があって、高秋は佳文に殴《なぐ》られたことを知った。はじめてのことだ。いままでわりと無体な要求もしてきたが、本気で殴られたことなんかなかった。

高秋の下で息を乱している佳文は、目を吊《つ》り上《あ》げて怒っていた。

「佳くん、嫌なのか？　俺に抱かれるの、嫌か？」

「こんなふうにわけもわからず無理やりやられるのは嫌だ。愛されるならいいよ。でもいまの高秋は、俺で鬱屈《うっくつ》を払おうとしているだけだろうっ」

「ちがう。俺は佳くんを愛したい。愛しているから……」

「だったらどけよ」

冷たく言い放たれて、高秋の心にざっくりと傷がついた。はじめての拒絶に、視界が絶望色に染まっていく。

「冷てぇんだよ、どけっ！」

もう一度殴ろうとした拳を、高秋はぐっと押さえこんだ。暗い目でじっと恋人を見下ろす。

その目つきになにかを察したのか、佳文がかすかに怯《おび》えた表情をした。これも、はじめてのことだった。

嫌われた――。唯一無二《ゆいいつむに》の存在に、嫌われたのだ。

佳文をなくしたら、高秋にはなにも残らなくなってしまう。書も、佳文がいてこそのものなのに。

「佳くん……っ」

「うわ、やめろっ、高秋っ！」

佳文の制止なんてもう聞けない。高秋は暴走した。びしょ濡れの佳文を裸に剝いて、無理やり両脚を広げさせる。

「やめ、やめろっ」

いつもなら舐《な》め回《まわ》して潤滑剤《じゅんかつざい》を使ってそこがとろとろになるまで解《ほぐ》してからしか挿入《そうにゅう》しない。だがいまはそんな余裕がなかった。佳文の体のどこにも愛撫《あいぶ》をしないで、ただ体を繫げるためだけに高秋は自分の性器を取り出す。

佳文のそこにあてがった。慣らしていない佳文のそこは高秋を拒《こば》むようにきつくて、余計にムキになった。

「痛、痛いっ、高秋っ」

佳文は悲鳴を上げたが、高秋はかまわずに挿入した。熱くてきつくて、たまらなく心地いい。

佳文の気持ちと関係なく、そこは高秋に快感をもたらしてくれた。

「ああ、佳くん……」

欲求不満で溜まっていたからか、数度の抜き差しだけで高秋はいってしまった。佳文の中を体液で濡らした事実に安堵《あんど》する。

抜かないまま続けて抱いた。何度も何度も佳文の中で果てて、日が暮れて風呂場が暗くなってから我に返った。

佳文はすでに失神していて、濡れたまま乱暴された体は冷え切っていた。

「佳くん、佳くん……」

何度呼んでも動かない佳文を、高秋は抱《かか》えて座敷に運んだ。布団を敷き、逃がさないように、温めるように、きつく抱きしめる。

高秋も疲れていた。そのまま泥のように眠った。


翌日、佳文は発熱していた。

「佳くん……」

おろおろと声をかける高秋を完全に無視し、佳文は青い顔で身支度《みじたく》をする。出社する気なのだ。

「佳くん、無理だよ。三十八度も熱があるのに。休んだ方が……」

高秋がなにを言っても、一瞥《いちべつ》もくれない。

まったく視線を合わせようとしない佳文の横顔を見つめながら、高秋は泣きそうになっていた。

昨日の暴行を、高秋は激しく後悔している。

どうしてあんなことをしてしまったのか、自分でもわからない。とにかく逃げていく佳文を引きとめなければと焦《あせ》った。

「ごめん、佳くん……」

壁に凭れながらのろのろとネクタイを結んでいる佳文に、高秋は目覚めてからもう何度目になるかわからない謝罪《しゃざい》を繰り返した。

「…………」

佳文は無視するが、聞こえてはいるはずだから、何度でも、許してくれるまで謝り続けるつもりだった。

「佳くん、会社まで車で送っていくよ」

「いや、いい」

やっと返事をしてくれたが、声までも熱っぽく聞こえる。

佳文はふらふらしながら玄関から出ていった。その頼りない歩き方を、指をくわえて見送るしかないおのれの不甲斐《ふがい》なさに、高秋はため息しか出ない。

あの体調で一日もつだろうか。自分のせいだと思うと、高秋はいてもたってもいられなくなる。いまからでも車で追いかけて、送っていこうか。

だが送迎は断られてしまった。佳文は頑固だから、こうと決めたらテコでも動かないところがある。余計に怒らせそうで、なにもできない。

玄関でうろうろしていても仕方がないので、高秋は仕事をすることにした。はかどりそうにないが、とりあえず取りかかる。

「むむむ……」

案の定、真っ白い紙を前にしても、佳文が心配でなにも文字が頭に浮かばない。

通勤途中で倒れていないだろうか。もっと必死になってとめればよかった。佳文が一日休んだくらいでどうこうなる規模の会社じゃない。仕事なんか憎《にく》い安達にすべてを押しつけて、ゆっくり休めばよかったのに。

「ああ、もうっ」

落ち着かない。高秋は筆を取ることを諦《あきら》めて家を出た。向かう先は『River』だ。

営業がはじまったばかりの喫茶店は、暇《ひま》そうな老人の客が窓際でスポーツ新聞を広げながらコーヒーを飲んでいるだけだった。姿を現した高秋に、カウンターの中で川口がちょっと驚いた表情になる。

「おはよう。どうしたんだ、こんなに早く」

「……コーヒーくれ」

沈鬱《ちんうつ》な顔つきでカウンターの定位置に座る。

「朝飯は？」

「そういえば、食べていない」

今朝は佳文がぎりぎりまで寝ていたのでなにも用意されていなかった。高秋が作ればよかったのに気が回らなかったのは、佳文の高熱にびっくりしたからだ。

「トーストなら用意できるぞ」

「……頼もうかな」

「ちょっと待ってろ」

川口はあきらかにいつもと様子がちがう高秋を追及することなく、ニッと笑って厚切りのパンを焼いてくれた。いい香りのバターを塗って、ゆで卵をつけてくれる。

「……いただきます」

トーストを一口齧《かじ》って、自分が空腹だったことに気づいた。それもそうだ、よく考えたら昨夜からなにも食べていない。風呂場で延々と佳文を抱いて、座敷に移動したあと疲れ果てていた高秋は眠ってしまったのだ。

「はぁ………」

佳文を思い出すと、重いため息が出る。なんてことをしてしまったのかと、自分で自分を殴り殺したくなるくらいだ。

そう思いながらも空腹には勝てず、トーストとゆで卵をぺろりと食べてしまう。食後のコーヒーが沁《し》みるほど美味《おい》しかった。

佳文はなにも食べずに出かけていった。いまごろどうしているだろう。電話かメールで様子を聞きたいが、はたして佳文は答えてくれるかどうか。

「川口……」

「なんだ？」

川口はカウンターの中で、窓際の老人のように新聞を広げはじめた。まだランチタイムには時間がある。

「俺たち、もうダメかもしれない……」

言葉にするとずしっと重かった。あまりの重みに涙が滲《にじ》んでくる。人目も憚《はばか》らず、カウンターに突っ伏して号泣してしまいそうだ。

「なにを根拠《こんきょ》に？」

「じつは、佳くん……」

自分以外に好きな人がいるかも、と言いかけて、高秋は口を閉じた。声に出したら、それが事実になってしまいそうで怖い。まだはっきりと確かめたわけではないのだ。ものすごく疑わしいけれど。

「小池《こいけ》くんがどうかしたのか？　なんだよ、またケンカか？」

あきれた口調で苦笑いする川口に、高秋はここのところの深刻な状況を告げることはできなかった。

「よ、佳くん、体調が悪いのに会社に行ったんだ。俺、とめられなかった。それで、すごく心配で……」

「あいかわらず小池くんは真面目《まじめ》だなぁ。正社員なら有給休暇ってもんがあるだろ。一日くらい休んだって、どうってことないだろうに」

「そう、そうなんだよ。熱があったのに」

「そりゃ心配だな。だったら本人に電話でもして様子伺《うかが》いしたら？　場合によっては迎えに行ってやればいいだろ。こんなところでぐだぐだしているくらい暇なんだろうが」

川口がなんでもないことのようにそう言った。

「……迎え……行ってもいいのかな」

「行けばいいだろ。パートナーなんだから。ケンカ中だろうがなんだろうが、心配なら行ってこいよ」

そうか、行ってもいいんだ。佳文の不調の原因はそもそも高秋だし――。

残っていたコーヒーを慌てて飲みほし、高秋は席を立った。

「俺、戻るよ」

高秋はばたばたと店を出て、家まで急いだ。

ぼうっとしていたので携帯電話を携帯し忘れていた。一旦《いったん》、家に戻ってから佳文に電話して様子を聞き、場合によっては迎えに行こう。佳文が拒《こば》んでも、心配だから行かせてくれと頼むつもりだ。

佳文が家を出てから四時間ほどがたっている。熱が上がっていたら大変だ。かかりつけの病院の診察券を持参していったほうがいいかもしれない。

すれちがう人が驚きの表情を見せるのも構わず、住宅街を駆け抜けた。

玄関に飛びこむと車のキーと携帯電話を鷲摑《わしづか》みにする。脱ぎ捨てた雪駄《せった》をまた履《は》こうとしたときだった。

家の電話が鳴った。携帯電話ではなく家の電話にかかってくるのは、仕事関係がほとんどだ。

「なんだよ、こんなときに……」

高秋は慌てて引き返し、廊下の突き当たりに置かれた台の上の子機を取った。親機は高秋の仕事部屋にある。

「はい、もしもし」

『笹尾《ささお》さんのお宅ですか？』

「はい、そうですが」

だれだろう、この声は——と考えをめぐらす前に、相手が名乗った。

『ムーンスター損保の安達です』

「えっ……」

佳文の後輩の、あの安達か。どうして安達が高秋の自宅の電話にかけてきたのだ?

『小池先輩に頼まれて電話しています』

「えっ?」

どうして?

『本当はあんたに電話なんかしたくなかったんですけど、先輩、声が出ないから代理です』

「声が出ない?」

ちょっと待て、それはどういうことだ。

『小池先輩が高熱で倒れました。いまから僕が病院に連れていきます』

「た、倒れた?」

佳文が高熱で倒れた——。高秋は目の前が真っ暗になるほどの衝撃を受けた。がくがくと膝が震えてくる。なんてことだ。自分のせいだ。なんとしてでも出社をとめればよかった……!

『もしもし? 聞こえていますか?』

「あ、はい……」

電話の向こうでため息が聞こえた。

『マジで頼りないな……』

呆れたような呟きは、しっかり高秋の耳に届いていた。

『先輩、出社してきたときから具合が悪そうだったよ。一時間もしないうちに顔が真っ赤になってきて、医務室で体温を計ったら、三十九度もあったんだ。それで俺が早退をすすめて、いまから病院に行く』

「お、俺も行くから、どこの病院か教えてくれ」

『あんたは来なくていい』

ぞんざいな口調で安達が言い放つ。

『あんたさ、偉《えら》い書道家の先生かなにか知らないけど、先輩のことをもっと気遣ってやってくれよ。手首に指の形の痣《あざ》があるの、見つけた。あれ、あんただろ』

そんな跡がついていたなんて、高秋は気づかなかった。

『信じらんねぇよ。先輩のこと、こんなにしやがって……。先輩がどんなにあんたのために尽くしてきたか、わかってんのか?』

他人の安達に言われたくない。だが佳文が現に倒れてしまったいま、高秋にはなにも言う資格はなかった。

『とにかく、病院には俺が連れていく。先輩は保険証を持っていたから問題ない。じゃあな』

ぶつっと通話が切れて、高秋はツーツーと無機質な機械音を発するだけになった子機を手にしたまま、愕然と立ち尽くした。

折り返し安達に電話をかけたくとも、ナンバーディスプレイではないし、携帯電話にかかってきたわけでもないから履歴《りれき》は残っていない。それを見越して安達は家の電話にかけてきたのだろうか。

その日、佳文は帰ってこなかった。次の日も、帰ってこなかった。安達からも佳文からも連絡がない。

佳文が帰ってこなくなって三日目、高秋はとうとう痺《しび》れをきらして会社に向かった。これはもう会社で安達を捕まえるしかない。

二晩も帰ってこないなんて異常事態としか思えなかった。もしかしたら佳文が入院しているのかもと思うと、心配でならない。

ムーンスター損保の受付で、安達を呼び出してほしいと頼んだ。受付嬢は高秋が書道家で、先日来社したことを覚えていた。なぜ安達を呼び出すのか不思議そうにしていたが、すんなりと内線電話をかけてくれる。

五分ほどエントランスで待っていると、エレベーターから安達が下りてきて高秋の方へと歩いてくるのが見えた。表情は険《けわ》しい。

「あの、佳くんは……」

「ちょっと、こちらへ」

安達はちらりと周囲に視線を走らせ、話を切りだそうとした高秋の腕を引いた。そのまま外へと連れ出される。人気《ひとけ》のないビルの谷間に連れて行かれて、対峙《たいじ》した。

「それで、なにか用？」

いかにも面倒臭《めんどうくさ》そうに眇《すが》めた目を向けてくる安達にムッとする。

「なにか用もないだろ。佳くんはどこでどうしているんだ？」

「小池先輩は俺の部屋にいる」

知らされた衝撃《しょうげき》の事実に、高秋は一瞬、耳を疑った。呼吸も忘れて棒立ちになっていた高秋だが、どこかから響いてきた車のクラクションの音にハッと我に返る。

「……どうして、君の部屋に……」

掠《かす》れた声しか出ない。安達はフンと鼻で笑った。

「どうしてって、あんたのところになんか帰せないからだ」

「佳くんを帰せっ」

カッとなって胸倉を摑む。体格は高秋が勝っていた。安達は苦しそうにもがくだけで高秋の手を外すことはできない。

「く、苦しいって、放せよっ！　こんなふうに先輩にも乱暴したのか！」

怒鳴られて、高秋の手からするっと力が抜けた。佳文の胸倉を摑んだことはないが、乱暴な行為に及んだのは事実だ。

青くなった高秋に、安達はチッと舌打ちする。

「まったく……どうして先輩はこんな男…」

乱れたネクタイを手で直しながら、安達は警戒してか、高秋から距離を取った。

「先輩は入院こそしなかったが、医者にしばらく安静にするようにと言われたんだ。その病院から俺のマンションが近かったから、連れていった。一昨日《おととい》と昨日と、定時で仕事を上がって、俺がずっと看病していた。昨日の夜になってから、やっと熱が下がったんだ。まだしばらくは会社を休ませた方がいいし、あんたのところには帰せない」

「俺だったら、一日中、佳くんを看《み》ていられるっ」

「へー、そう。でもちょっとでも回復したなと思ったら、また無体なことをしたくなるんじゃないの」

揶揄《やゆ》するように言われて、またカッとなりそうになったが、なんとか耐えた。

「あんたさ、先輩がどんだけ我慢して、どんだけ自分を犠牲《ぎせい》にしてきたか、考えたことあるのか？」

我慢……犠牲……という言葉に、高秋はショックを受けた。佳文はいつも平然とした顔でなにもかもをこなしていたが、我慢して、たくさんのことを犠牲にしてきたというのか。

「先輩は頑張り屋だから、そう簡単には弱音は吐かないけど、あんたのせいでぼろぼろになってることくらい、俺にだってわかるんだよ。医者は風邪だと診断したけど、過労もあるって言ってた」

「過労……」

安達は人差し指を高秋に突きつけてきた。

「あんたみたいな男と一緒にいたら、先輩がダメになる。俺は先輩にいつまでも部屋にいてくれていいと言ってあるから。できればこのまま手放したくない。先輩は、絶対にあんたと一緒にいない方がいい」

挑戦的な言葉を叩きつけて、安達はひとつ息をつく。

「先輩、俺の部屋の居心地がいいみたいだぜ。帰るつもりはないらしいから」

「そんな……」

「愛想が尽きたんじゃないの」

ふんと鼻で笑い、安達は踵《きびす》を返して足早に歩き去っていった。

それからどうやって家に帰ったのか、高秋は覚えていない。気がついたら自宅の玄関に座りこんでいた。手元にはタクシーの領収書があったから、きっとタクシーを拾ったのだろう。

「……佳くん……」

しんと静まりかえった家。だれの足音も気配もしない。寒い季節ではないのに、なぜだか寒気を覚えた。

「佳くん」

返事などないことはわかっていたが、呼ばずにはいられなかった。

「佳くん！」

いない。佳文はいないのだ。

安達のところにいる。

「佳くん………」

項垂《うなだ》れた膝に、ぽつりと雫《しずく》が落ちた。

ごめん、ごめんね。もう二度とあんなことはしない。好きなんだ。愛しているんだ。帰ってきて。一人は嫌だ。

日が落ちて暗くなっても、高秋はそこから立ち上がれなかった。


「おい、どうしたんだよ」

玄関の呼び鈴が鳴ったので、仕事部屋にこもっていた高秋《たかあき》はのろのろと出た。古い引き戸を開けると、そこには川口《かわぐち》が立っていて、びっくりした顔で自分を見つめている。

「川口……」

「おまえがぜんぜん店に来ないから、小池《こいけ》くんの風邪がうつって寝込んでいるんじゃないかと思って、様子を見に来たんだが……もっとはやく来てやればよかったな」

川口が気遣《きづか》わしげな表情で、無精髭《ぶしょうひげ》だらけの高秋の顔を覗《のぞ》きこんでくる。

「やっぱり風邪がうつったのか？　寝ていたなら起こして悪かったな」

高秋がなにも言わないうちに、川口は家の中に入り、勝手に上がりこむ。片手に大きめのトートバッグを持っていた。

「なにか食いものを作ってやるよ。保存がきくようなもの。嫁《よめ》さんほどじゃないが、俺だってすこしはできるからな。台所ってこっちだっけ？」

川口が元気よく台所に向かう後ろを、高秋はぼうっとしたままついていく。

「おい、なんだこのカオスは！」

台所を見た川口の第一声はそれだった。高秋はすでに見飽《みあ》きるほど見た光景なので、いまさらなんとも思わない。

佳文《よしふみ》が帰ってこなくなった笹尾《ささお》家の台所は、悲惨《ひさん》の一言だった。古いながらも清潔を保っていられたのは、佳文のおかげだったのだから、当然だ。

「いつから洗いものを溜めてんだ？　臭《くさ》いぞ、匂《にお》うぞ！」

シンクは使った食器が洗われないまま山積みになり、逆に食器棚《だな》は空《から》に近い。四人掛けのテーブルの上はインスタント食品の空《あ》き容器と飲みかけのペットボトル、コンビニの袋が散乱している。ゴミ箱からはゴミが溢《あふ》れていた。

川口はしばし茫然《ぼうぜん》としていたが、ゆっくりと高秋を振りかえった。

「小池くんはどうした？　あの子がこんな状態にしたわけじゃないだろ」

高秋は視線を逸《そ》らした。

佳文が帰ってきていないことを、高秋はだれにも話していない。言いたくなかった。口にしたら、もう二度と佳文が帰ってこなくなるような気がして、怖かった。

「笹尾、答えろよ。小池くんはどうしたんだ」

「……………」

高秋は居たたまれなくなって川口に背中を向け、そそくさと台所を出る。だが川口は追いかけてきた。

「おい、笹尾！　どうしたのかって聞いてんだよ。ケンカでもしたのか？　それで小池くんが怒って家事を放棄《ほうき》したのかよ」

廊下の途中で捕まって、川口に追及される。

怒らせてケンカくらいなら、まだよかった。佳文はもう十日も帰ってきていない。安達《あだち》に会ってから一週間が過ぎていた。もう熱は引いたと言っていたから、週末には戻ってきてくれるかなと、ずっと待っていた。

だが、なんの連絡もないまま、佳文の不在が続いている。

「しょうがないなぁ、おまえらは。仲がいいほどケンカするって言うし……」

川口がため息をついて、廊下の隅の埃《ほこり》を見遣《みや》った。佳文がいたなら、絶対に落ちていない埃だ。

「まあでも、風邪がうつったわけじゃないんだな？　小池くんと仲違《なかたが》いして引きこもっていただけならまだマシだ。心配して損したよ。ちゃんと店にランチを食いに来いよ。嫁さんもずいぶん心配していたんだぞ」

バシバシと背中を叩かれて、不覚にも高秋は涙ぐんでしまった。友人の温かさに、一人で抱えこんでいた不安がこぼれ落ちそうになる。

「笹尾？　どうした？」

「………どうしよう………川口……」

「へ？」

「どうしよう、どうしようどうしよう！　佳くんが帰ってこない……！」

ついに堰《せき》が切れてわあっとばかりに泣きついた高秋を、川口は啞然《あぜん》としながらも抱きとめてくれた。

『今週の土曜日におまえに会いに行く約束をしてくれたぞ』

川口から電話でそう報告を受けたのは、泣きついた日の翌日だった。

嗚咽《おえつ》まじりの高秋の話を聞き終えた川口は、自業自得だと呆《あき》れ、説教してきた。だが高秋がじゅうぶん反省していると見て取ったのか、どうにかしてやると請《う》けあってくれたのだ。川口はわざわざムーンスター損保まで出向き、全快して出社していた佳文に会い、話をしてくれたらしい。

『俺ができるのはここまでだ。あとはおまえ次第だからな』

「わかった。ありがとう。本当にありがとう」

電話の向こうの川口に、高秋は何度も頭を下げた。

『俺の感触じゃ、小池くんの態度はかなり硬かったな。こりゃそうとうな覚悟で当たらないと、戻ってきてくれないぞ』

「うっ……」

現実を突きつけられて高秋は言葉に詰まる。

『まあでも、おまえみたいな面倒くさい奴《ヤツ》を、いったんは受け入れてくれてた奇特な人だ。感情に訴《うった》えれば軟化《なんか》するかもよ』

感情に訴えるって、泣き落としでもすればいいのだろうか？　そんな女々しい技が佳文に通用するとは思えないが。

『おまえにはおまえにしかない武器があるじゃないか』

「武器？」

『書だよ』

「……それが武器になるのか？」

『わかってないなぁ。小池くんは書道家のおまえを尊敬していたんだぞ。一番のファンでもあった。小池くんが感動するような書を書いてみたらどうだよ』

川口はそう言い残して電話を切った。

「……書か……」

たしかに佳文は高秋の書が好きだ。出来がよくても悪くても率直な感想を述べてくれ、励《はげ》ましたり褒《ほ》めたりしてくれていた。

高秋が困らないように依頼をファイルにまとめたり、道具を取り寄せたり――愛用の作務衣《さむえ》が綻《ほころ》んだら繕《つくろ》ってもくれた。

佳文は高秋のために、本当にいろいろと心を砕《くだ》いていてくれたのだ。

「……俺、ぜんぜん書いてないな……」

佳文が帰ってこなくなってから、高秋はほとんど仕事をしていない。なにも手につかない状態で、家事もせず、ただ悶々《もんもん》と蹲《うずくま》っていただけだ。

それではダメだ。佳文ともう一度やりなおすためには、高秋が魂《たましい》の書道家でなければいけないのだ。

「よし、やろう」

高秋は、仕事部屋にこもった。

まず締め切りが迫っていた小さな作品依頼を片っ端からやっつけ、佳文の会社から頼まれた大作の構想に入る。

どんな字にするかは、高秋に任されていた。

会社訪問したとき、社長と副社長から聞いた話を思い出してみる。保険会社の精神とはなんぞやと、二人は語っていた。

数年前の規制緩和《かんわ》以降、日本には外資系の保険会社がこぞって参入してきた。それまで国の保護の上に胡坐《あぐら》をかいていた国内の各保険会社は危機感を抱《いだ》き、業界内での業務提携《ていけい》や合併《がっぺい》が盛んに行われた。対応しきれなかった中小の保険会社は競争に負けて倒産した。

ムーンスター損保は、どことも合併せずに荒波を乗り越え、いま順調に業績を伸ばしている。すべては真摯《しんし》さにあると、社長は説《と》いていた。

「何事にも真摯に、そしてお客様に愛情をもって」が会社のポリシーだと。

「真摯に……愛情をもって……」

ふと、佳文の人柄《ひとがら》そのものではないかと気づき、目の前がぱあっと明るくなった。

真摯さと、愛情。

愛情があるから真摯にもなるのだ。

大切なのは、愛情にほかならない——。

「よし」

書く字は決まった。

高秋は畳二畳《たたみにじょう》ほどの紙と対峙《たいじ》し、大筆にたっぷりと墨汁《ぼくじゅう》を含ませる。精神を統一して、深呼吸する。見つめるのは白い紙だけ。

息をつめて、一気に筆を走らせた。

高秋は緊張して玄関に正座していた。

もうすぐ佳文が帰ってくる。さっき携帯にメールがあった。『いまから帰る』という、そっけない内容だったが、感激のあまり泣きそうになった。まだ『帰る』と言ってくれているのだ。だが単純に喜んでばかりはいられない。別れ話になる可能性を考えるとゾッとする。

「佳くん……」

顔を見るのは二週間ぶりだ。同棲《どうせい》しはじめてから、こんなに離れていたことなどなかった。会える嬉しさと、これが最後になるかもしれない悲しみと、いやいやなんとしてでも引き留めて元鞘《もとさや》に収まってみせるという意気ごみがごっちゃになった複雑な心境で、玄関に座っていた。

やがて砂利《じゃり》を踏む音が聞こえてきた。引き戸の擦《す》りガラスに見慣れたシルエットがぼんやりとうつる。佳文だ。高秋は飛びついて出迎えたい衝動《しょうどう》をぐっとこらえた。

鍵《かぎ》は開いている。在宅時、高秋はだいたい開けっぱなしだ。それを佳文は知っている。呼び鈴を押すかどうか、高秋は息を潜《ひそ》めて様子を窺《うかが》った。呼び鈴を押したら、もうこの家の住人であることを捨てた気持ちの表れではないかと思うのだ。

佳文は呼び鈴を押さず、無造作にガラッと引き戸を開けた。だが「ただいま」とは言ってくれなかった。

戸を開けた佳文は、上がりかまちに座りこんでいる高秋を見つけて、目を丸くした。

二週間ぶりのリアル佳文に、高秋もしばし言葉をなくす。佳文は二週間前に出社したときのスーツを着ていた。全快してから日数がたっているからだろうか、高熱で何日も会社を休んだようには見えず、健康的な肌艶《はだつや》だ。まるで不在期間なんてなかったことのように思えてしまうのは、高秋の都合のいい錯覚《さっかく》だろう。

「お、おかえり……」

居住まいを正してぎくしゃくと声を発した高秋に、佳文は「うん」としか答えなかった。

無言で靴《くつ》を脱ぐ佳文を見守り、座敷へと促《うなが》す。高秋は今日のために家中を掃除して、座敷に座卓を出しておいた。

座卓を挟《はさ》み、二人は向かいあう。

ちらりと佳文を見遣《みや》ると、険《けわ》しい表情でじっと座卓を睨《にら》んでいた。きりりと上がった眉《まゆ》と目《め》尻《じり》が、こういう顔をすると怖いほどにきつくなる。高秋は胃が痛くなってきた。

「あ、あの、佳くん……このあいだは、本当にごめん。俺が全部悪い。すみませんでした」

まず謝らなければと、これだけは一番に言っておきたかったので、高秋は膝に手をついて深々と頭を下げた。

「……自分が悪かったと思ってるんだ？」

「お、思ってる。もちろん。あんなのはただの暴力だった。嫉妬《しっと》にかられて、頭に血が上って、佳くんにひどいことをした。もう二度としない。絶対にしない。大切にする。だから――」

「高秋はさ、俺のこと、性欲処理もできる家政婦としか認識していないいんじゃないのか」

吐《は》き捨《す》てるように佳文が言うので、高秋は青くなった。指先が冷たくなって震えてくる。

「ちがう…そんなこと、思ったこともない。佳くんをそんなふうに……」

「俺が嫌がってんのに無理やりするって、そういうことだろ？　俺は何度もやめろって言ったし抵抗した。それでもおまえはやった」

「ごめんなさい……」

「あのとき、俺はおまえに本当は愛されていないんじゃないかって絶望的な気持ちを味わわされたんだ。どれだけ痛くて辛《つら》かったか、おまえにはわからないだろうな」

「ごめんなさいっ」

高秋は座布団から下りて畳に正座し、両手をついた。額を畳に擦りつけるようにして土下座する。

「ごめんなさいごめんなさい。もう二度としない。絶対にしない。神に誓《ちか》ってしない」

「口でならなんとでも言えるよ」

心からの言葉を信じてもらえない悲しみに、高秋は途方に暮れる。

重みを感じる沈黙が流れたあと、佳文がため息をついた。

「川口さんに聞いたけど……高秋、まともな生活していなかったんだって？」

ぎくっと肩を揺らしてしまう。それが返事のようなものだ。

「見たところ、家の中はきれいだけど」

「佳くんが帰ってくると思って、掃除したから……」

「仕事は？　ちゃんとやってたのか？」

うっと言葉に詰まりながら上目遣いで佳文を見る。眇《すが》めた目が嘘は許さないぞと高秋を凝視《ぎょうし》していた。

「えっ…と、一昨日《おととい》の夜から、やりはじめて」

「一昨日？　それまではまともにやってなかったのか？」

潔《いさぎよ》く肯定《こうてい》できなくて、高秋は曖昧《あいまい》な感じで頷いた。佳文が片手で額を押さえ、またため息をつく。完全に呆《あき》れられたかと、背中がひやりと冷たくなった。

「あの、昨日、佳くんの会社用の書ができあがったんだ」

「俺の会社の？　大会議室に飾るやつ？」

佳文の瞳がきらりと光る。興味を抱《いだ》いてくれたか？

「見てくれる?」

「見たい」

佳文は迷うことなくそう返事をして立ち上がると、「どこだ?」と聞いてきた。

「まだ仕事部屋に置いてある」

すたすたと仕事部屋に足を向けてくれた。

「わあ……」

戸を開けて床に広げたままだった書を一目見るなり、佳文は声を上げた。

床に広げられた畳二畳ほどの紙。そこに書かれているのは「愛」という一文字だ。かなり崩してはあるが、読めないほどではない。

「これか」

「これ」

「うちの大会議室に飾るんだ?」

「……まずかったかな、愛なんて……」

「いや、いいと思うよ。うちの社長、いつも愛情愛情って訓示を垂《た》れているから」

佳文はじっと「愛」を見下ろして、やがて微笑《ほほえ》んだ。

「いいな」

「そう?」

「すごくいいと思う」

佳文がそう言ってくれるのなら成功したのだろう。よかった。

「おまえらしくていいよ。伸び伸びしていながら、大人の落ち着きも感じられるし、なにより も愛がこもっているような気がする」

そんな感想をもらったら抱きしめたくなってしまう。だがまだ高秋は許されていない。書を認めてもらったからといって、佳文の愛と信頼を取り戻したわけではないのだ。

「あの、これは佳くんを想いながら書いた」

「えっ？」

佳文はびっくりしたあとに、あらためて書をまじまじと眺《なが》めている。どれだけ眺めてもいいから、高秋の愛を感じ取ってほしかった。

「あの、佳くん」

高秋はその場に正座した。「愛」の書の横に。

両膝の上で両手をぐっと握《にぎ》りしめ、まっすぐに佳文を見上げる。

「佳くん、愛してる」

「…………」

無言を返されて挫《くじ》けそうになったが、なんとか自分を鼓舞《こぶ》する。ダメだ、負けるな。根性出せ。高秋は両手を床についてもう一度土下座した。

「俺には、佳くんしかいない。佳くんだけだ。佳くんがいないと、俺は生きている意味なんてなくなってしまう」

真実だ。佳文がいない人生なんて、高秋にとってなんら意味はない。

「もう二度と乱暴なことはしない。大切にする。だから、戻ってきてほしい。いままで通りに、どこにも行かないで、ずっとここで俺と一緒に暮らしてほしい」

まさに懇願《こんがん》だった。できれば足に縋《すが》りつきたいくらいだが、そこは歯を食いしばって我慢した。

「お願いだ、佳くん」

またもや沈黙が落ちる。うんともすんとも言わない佳文がどんな表情をしているのか気になったが、顔を上げる勇気はなかった。

実際には数分だっただろうが、高秋にとっては一時間にも思えた無言のあと、おもむろに佳文が口を開いた。

「あのさ、高秋……」

「……はい」

ごくりと生唾《なまつば》を飲んで覚悟を決める。どんな結論をぶつけられようと、すべては自分が撒《ま》いた種だ。甘んじて受け入れるしかない。

だが、だがしかし——。

「そもそも、あの日、どうしておまえはあんなにテンパッてたんだ?」

高秋は「へっ?」と顔を上げる。佳文の目は「愛」の書に向いたまま動いていない。

「あの日って、あの日…のことか?」

「そう。風呂場で強姦《ごうかん》に及んだ日のこと」

強姦と表現されてノックアウトされそうになった。なんとか踏みとどまり、高秋はぜぇぜぇと息を荒くしながら床についた両手で自分を支える。

「ここのところなにか悩んでいるっぽいなとは思ってたけど、なにをどう悩んでいたんだよ」

佳文は本気で首を傾《かし》げているように見える。

つまり心当たりがないということだ。高秋には安達との関係を知られていないと思いこんでいるのか。

「ほら、さっさと答えろ」

「あ、う……」

高秋は口ごもる。言ってもいいのだろうか。でも佳文が言えと命じているのだから、黙っているわけにはいかない。

そもそものきっかけは、川口に佳文が疲れているみたいだと指摘されたことだ。

「俺が疲れているって、川口さんが言ったのか?」

佳文は顔をしかめて「余計なことを…」と呟く。

「まあ確かに忙しかったから、多少の疲れはあったよ。で？　それだけで高秋があれほどぐるぐる悩んでいたわけじゃないだろ？」

「そのあとで、佳くんが、安達と電話しているのを、聞いてしまって……」

「電話？　安達と？」

「休みの日に、台所で話してた」

「ああ、そういえば、そんなこともあったな」

佳文は「俺、なにを言ったっけ？」と首を捻る。

「なにか、おまえを悩ませるようなこと言ったか」

「言った」

高秋はあんなにショックを受けたのに、佳文は覚えていないらしい。あのときの言葉を思い出すと泣きそうになるくらい辛いが、高秋は唇を震わせながら再現した。

「さ、最後の奉公だとか、安達がいてくれてよかっただとか、あとちょっとの辛抱《しんぼう》だからとか、時機をみて高秋に話すからとか……あいつに言ってた……」

「ああ、そういえば、そんなことを言ったな。おまえ、なに泣いてんだよ」

あきれた声で指摘されて、高秋は滲《にじ》んだ涙をごしごしと手で擦《こす》った。

「なんだよ、おまえ、もしかして俺が安達と浮気してるとか思ったんじゃないだろうな」

ぎくっと全身を震わせて肯定してしまった。

佳文の目尻がきりきりと上がり、全身から怒りのオーラが膨《ふく》れ上《あ》がった。

「おい、どうして俺が安達なんかと浮気しなきゃいけないんだよ。俺はそもそもゲイじゃないんだ。浮気するなら女だろ」

「えっ、佳くんが女と浮気っ？」

愕然《がくぜん》とした高秋に、佳文は「バカ野郎っ！」と怒鳴った。

「するわけないだろ！　一日置きのセックスで絞《しぼ》り取《と》られて、どこにそんな余力があるっていうんだ。おまえみたいに毎晩でも何度でもＯＫなんて絶倫《ぜつりん》と一緒にすんな！」

佳文の剣幕に高秋はぽかんと口を開いた。

こんなに怒っているということは、佳文は安達とできていないのか？　ずっと安達の部屋に寝泊まりして、安達があんなふうに高秋を敵視していたのに？

佳文は苛々《いらいら》とした様子で唸《うな》った。

「あのな、電話の内容をよく知りもしないで、言葉尻だけをとらえて勝手に誤解すんなよ、バカ。安達はマジでただの後輩だ」

「でもあいつの部屋にいたんだろ？」

「居候《いそうろう》させてもらってただけだ。あいつがいま住んでるのは親戚《しんせき》が投資目的で買ったとかいうファミリータイプのマンションだ。部屋が余っているうえ、会社が近いんだよ。それだけだ。絶対にあいつと浮気とか、ありえない。気持ち悪い！」

佳文は想像したのか、両手で自分を抱《かか》えてぶるっと震えた。

「じゃあなんだ、俺はやってもいない浮気を疑われて、キレた高秋に強姦されたってことになるのか？」

「ご、ご、ごめんなさいっ！」

高秋は三度土下座した。全身に嫌な汗が滲む。やってはいけないことを連発していた事実に、高秋は悲鳴を上げそうになった。

ごめんなさいごめんなさいと念仏のように唱《とな》え続《つづ》ける。このままちっちゃくなって消えてなくなってしまいたいくらいの後悔と罪悪感に苛《さいな》まれた。

「も、もう、一生、セックスなんてしなくていい」

不能になってしまえばいいのだ、自分なんて。そうすれば、佳文を無理やり抱くことはありえなくなる。

「もうしなくていいから、お願いだから、戻ってきてくれ」

「しなくてもいいのか？」

「いい、しなくていいっ。佳くんが嫌がることはナシでいい！」

「絶倫のくせに、ナシでいられるのかよ」

「大丈夫……」

死ぬ気で我慢してみせる。愛する人をもうこれ以上傷つけたくない。

「別に金輪際《こんりんざい》したくないってわけでもないいんだけど」

混乱するあまり都合のいい幻聴が聞こえはじめたのかと、高秋は涙目をぼんやりと上げた。

佳文がなんだか微笑んでいるような気がする……。

「あのさ、電話で言ってた最後の奉公ってのは、会社に対してのことだよ」

佳文がやれやれといった感じで高秋の前にしゃがみこんだ。さっきまでの恐ろしい怒気は和《やわ》らいでいる。

「よ、佳くん……?」

なんのことかと訊《たず》ねようとしたら、「俺の話を聞け」と遮《さえぎ》られた。

「俺、会社を辞めようと思っているんだ」

予想だにしなかった告白に、高秋は驚きのあまり固まった。

辞める? 会社を? あんなに真面目《まじめ》に勤務していて、熱があっても出社していたのに?

「ど、どうして? その、なにか大変な問題でも……そうか、セクハラとか? 佳くんが男の上司に性的ないやがらせをされて……」

「おい、なんで俺が被害者限定なんだ。しかも男が相手かよ」

「えっ、佳くんが加害者? 女の人を?」

さっきも浮気をするなら女だと断言していた。異性を欲してもしかたがないのか。

「大丈夫、佳くん、俺がすご腕の弁護士を探すからっ」

「一気に裁判まで話を持ってくなっ。おまえの思考回路はどうなってんだ！」

バシッと頭を叩かれて、高秋は脱力した。そういうことではないらしい。

「ああもう、俺がどれだけ真剣に悩んで結論を出したと思ってんだよ。俺はな、おまえのサポート役に徹《てっ》しようと決めたんだ」

「えっ？　俺の？」

さっきまでなんとかして佳文の愛を取り戻そうと踏ん張っていた高秋は、いきなりの展開についていけない。

「あ、あの、それってつまり、戻ってきてくれるってこと…か？」

「俺がここ以外のどこへ行くっていうんだよ。おまえがじゅうぶん反省して、心からの謝罪を見せてきたら、許してやるつもりだった」

「佳くん…っ！」

にじりにじりと膝で近寄って、控《ひか》え目《め》に佳文の足に触れた。抱きしめたいが、そこまでしていいのかどうか判断がつかない。

「おまえがもともと常軌《じょうき》を逸《いっ》している人間だってこと、わかってる。そのくらいでなくちゃ書道家なんてやれないしな」

佳文は視線を「愛」の書へと向け、口元を緩める。

「いい書だ。おまえは天才だと、俺は思っている」

「佳くん……」

高秋は瞠目《どうもく》した。佳文が自分の書くものを好きなのはわかっていたが、まさか天才だと思ってくれていたなんて知らなかった。

「おまえには、細かいことに煩《わずら》わされず、自由に書いてもらいたいと思っている。だから仕事の依頼を受けて、それを整理して、締め切りが早い順におまえに提示して書かせるようにうまくもっていって、経理の面でもきっちりやって……っていう雑事を、俺がやってきた。いわゆるマネージャー業だ。本来なら、きちんとしたマネージャーを雇うべきなんだろう。おまえには雇うだけの経済力があるし。でも俺が、やりたかった。おまえのために、俺が。なんとか会社勤めのかたわら、ちょこちょことやっていたが、そんなやり方じゃあもう限界がきていた」

佳文はよいしょと床に座り込み、胡坐をかく。自分の膝に肘《ひじ》をついて、満足そうに、飽《あ》きる様子などなく「愛」を見つめた。

「五年、一緒に暮らしてきて、この一年くらいどんどん大変になってきていた。おまえの仕事の依頼は増えるし、俺も職場で重要な仕事を任されるようになるし——。けっこう多忙で、俺は疲れを感じるようになってきた。かといって、家事で手抜きはしたくない。おまえに快適な環境を与えてやりたいと思っていたから」

当然のように語る佳文に、高秋は感動していた。とんでもなく大きな愛情だ。こんなに愛されていたのに、高秋は佳文を疑った。なんて愚《おろ》かだったのだろうか。

「だから、会社を辞めるのが最良の策だと判断した」

つまり、最後の奉公とは会社にたいしての献身を指し、安達がいてよかったと言ったのは仕事を全面的に引き継いでもらう位置にいるのが彼で、その技量がじゅうぶんにあるから。時機をみて高秋に話すといった秘密事項の内容とは、この退職話だったわけだ。

「辞めても、いいのか？　ずっと頑張ってきたのに」

「もう決めたんだ。上司にもそう伝えてある。安達はいまだに反対しているけど」

「安達……」

思わず呟いた高秋を、佳文がじろりと睨んできた。

「だから、あいつはただの後輩だ」

「でも、このあいだ会ったとき、堂々と、手放さないぞって俺に宣戦布告を――」

「だからそれは、あいつは俺が退職することに反対しているからだよ。どういうわけか俺を尊敬してくれているみたいで、ずっと一緒に働いていきたいって駄々こねてる。そこに俺が倒れたから頭に血が上《のぼ》ったんだろうな。ここのところ俺が疲れているのを、安達は心配してくれていたから。いくら高秋のせいじゃないって言っても、安達は信じていなかった」

「いや、実際にあれは俺のせいだった」

高秋はあらためて背筋を正し、頭を下げた。

「あのときは、本当に本当に悪かった。佳くんが安達に乗り換えて、ここから出ていってしまうんじゃないかって、怖くてたまらなかったんだ。でもそれはただの言い訳で、やってはいけないことだった」

「反省してるのか？」

「してる。心の底から反省してる」

「もう一生セックスしなくてもいいっていうくらいに？」

「しなくてもいい」

高秋は本気でその覚悟だ。なんだったら勃《た》たなくなるような薬を飲んでもいい。

「あのさ、無理やりでなけりゃ、してもいいよ」

「してもいいの？」

覚悟がぶっ飛び、思わず喜色を浮かべてしまう。佳文は苦笑していた。

「俺にだって性欲はある。まだ三十歳なんだぞ。なにもナシってのはいやだな。ほどほどであればいいよ」

「佳くんっ」

「ただし、同意のないセックスは強姦だ。今どきは夫婦間や恋人間でもレイプは成立する。そのくらいわかってるな？」

「はい……」

「今度やったら、俺は確実に出ていくぞ」

佳文は本気で宣言している。高秋は神妙に頷いた。

「じゃあ、そういうことだ。俺は買い物に行ってくる。冷蔵庫の中、なにもないだろ」

話は終わりとばかりに立ち上がろうとする佳文を、高秋は慌てて引きとめた。

「佳くん、あの」

「なんだ」

「俺、頑張って稼《かせ》ぐ」

「高秋、俺は俺の判断で辞めるんだ。おまえがプレッシャーを感じなくてもいい。もし、おまえが書けなくなって仕事がなくなったとしたら、俺がまたどこかに就職して外で働けばいいだけだろ」

「佳くん……」

佳文に後光が差して見えた。なんて頼もしい、素晴らしい恋人だろう。

いつのまにこんなに愛されていたのか。佳文は甘い睦言《むつごと》なんて一切口にしないが、心の中では高秋をめいっぱい愛してくれていたのだ。

「佳くん、佳くんっ」

「うわっ」

感極まって、高秋は佳文を押し倒した。床に組み伏せ、迸《ほとばし》る情熱のままにくちづける。

きりっとしていて格好いい佳文だが、唇は蕩《とろ》けるように柔らかくて舌は甘い。夢中になって舌を絡め、口腔内《こうこうない》を舐《な》めまくった。

「んんっ」

佳文が苦しそうにもがくと、それがまた誘っているように思えて、股間《こかん》に熱が集まった。

ぷはっと佳文がくちづけから逃《のが》れ、睨んでくる。

「おい、いきなり盛《さか》るなってば！　さっきまでセックスなしでいいなんて殊勝《しゅしょう》なこと言ってたくせに！」

「ほどほどならいいんだよね？」

許されたと思ったら二週間分の情熱が一気に股間に凝縮《ぎょうしゅく》してしまった。もう治まりはつきそうにない。

「晩飯はどうすんだよっ」

「あとでいい。さきに佳くんを食べたい」

「なに恥ずかしいこと言って……あっ……」

ワイシャツをたくしあげてかわいらしい乳首《ちくび》に吸いついた。佳文は乳首が好きなのだ。というか、ここで感じるように仕込んだのは、まちがいなく高秋だ。

佳文の乳首はとても小さくて愛らしい。だが感じてくると尖《とが》って朱色に染まる。その変化が好きだ。執拗《しつよう》に舌で小さな突起を舐め、ときおり歯で擦るようにした。

「あ、んっ、んっ」

佳文が鼻にかかった甘えたような声を出し、びくびくと背筋を震わせる。スラックスの中で佳文の股間が熱くなっているのがわかった。

あんなにひどいことをした高秋を怒ることもせず、こうして素直に感じてくれている佳文が、愛《いと》しくてならない。

「佳くん、よくしてあげる。今日は絶対に、優しくするから……」

このあいだのお詫《わ》びに、最高によがらせてあげるよと囁《ささや》く。

「高秋……」

とろんとした目で高秋を見上げてくる佳文は、もう抵抗していない。しどけなく衣服を乱れさせて、「なぁ」と床に四肢《しし》を投げ出す。

「このまま床でするのか？　痛いよ。きちんと布団の上でしよう。座敷に連れていけ」

「はいっ、喜んで！」

どこの居酒屋だよ、と佳文が目を細めてくすくすと笑う。

嬉しさのあまり涙ぐみながら、高秋は佳文を抱き上げた。いつもの呑気《のんき》さからは想像できないくらいの素早さで座敷に移動し、押入れから布団一式を出し、所用時間わずか十秒で敷いて見せた。邪魔な座卓は足で隅に追いやる。

佳文を布団の上に下ろし、あらためてキスからはじめた。

「高秋……」

うっとりと名前を囁かれて、高秋は愛しい人をきつく抱きしめた。

体中にキスをした。肌という肌にくちづけて舐めて、穴には舌を差し入れた。耳も、臍《へそ》も、そして後ろの窄《すぼ》まりも。

「も、もう、いいからっ、やめろっ……てば」

うつ伏せにした佳文の臀部《でんぶ》だけを持ち上げて、高秋は延々と窄まりに舌を這《は》わせる。五年かけて愛したこの器官は、すっかり愛撫《あいぶ》に慣れてセックスで快楽を得るための性感帯になっている。従順に高秋を受け入れてくれる場所だ。ことさら念入りにかわいがらなくてはならない。

熱心に舐めていると佳文はたまらない感じで尻を振り、勃ちあがっているペニスをゆらゆらと揺らしはじめた。邪魔な衣服を取り去った佳文は、きれいなラインの背中を見せつけるようにして腰をくねらせる。たまらない眺《なが》めだ。

「あ、んっ、んんっ」

揺れている屹立《きつりつ》をそっと握《にぎ》りこみ、加減しながら擦ってあげる。佳文は泣き声に似た喘《あえ》ぎを漏らして、切なそうに顔を歪《ゆが》める。

いつもは凜《りん》としている佳文が、快感にとろけた表情を見せるのがいい。なんてかわいいのだろう。

「もう、舐めるな、もういいっ」

舐めるだけのぬるい愛撫に物足りなくて苛立《いらだ》ってきたのか、佳文が真っ赤な顔で睨んでくる。そんな佳文もかわいくてたまらない。

「じゃあ、指を入れるよ」

とろとろに解《ほぐ》れたそこに、まず指を一本だけ挿入《そうにゅう》した。すんなりと根元までくわえこんだ粘膜《ねんまく》は、歓迎するように指をきゅうっと締めつけてくる。

「ああ、待っててくれたんだ?」

「んっ、んあっ、あっ、あっ」

ぬくぬくと出し入れすると、佳文の尻が淫靡《いんび》に震える。指一本じゃ物足りないとでもいうように粘膜が蠢《うごめ》いた。

早く体を繋《つな》げたい。逸《はや》る気持ちを宥《なだ》めつつ、指を二本にした。もっとほしがるように、そこが貪欲《どんよく》な蠢きで指を飲みこむ。

「佳くん、指、三本にしていいか?」

「んっ、んっんっんっ、あ、んっ」

聞こえているはずなのに、佳文はなかなか返事をしてくれない。目をぎゅっと閉じて唇を噛み、両手はシーツを摑んでいる。うっすらと肌に滲んだ汗が、きらきらと光っていてきれいだ。

拒《こば》まれていないのは確かなので、指を三本に増やした。

「あう、ううっ」

傷つけないように三本の指でそこをかき回す。佳文の感じる場所も的確に探った。

広がった粘膜が赤く色づいて、ものすごく卑猥《ひわい》だ。はやくここに入りたい。佳文とひとつになりたい。快感を分かち合いたい。

ごくりと生唾《なまつば》を飲み、そこをじっと凝視《ぎょうし》した。もうじゅうぶんに解れたように見える。いいかな。入れてもいいかな。

「佳くん……」

このままだと入れる前に高秋の欲望は暴発してしまいそうだ。それを察したのか、佳文が閉じていた目を開いて、ちらりと高秋を振り返ってくる。

「もう、いいから……高秋、はやく……」

熱っぽく潤《うる》んだ瞳でそんなふうに急《せ》かされたらたまらない。高秋は指を勢いよく抜いた。

佳文を仰向《あおむ》けにさせて、正面から柔らかくなったそこに屹立をあてがう。ゆっくり慎重《しんちょう》にとおのれに言い聞かせながら、挿入していった。

「あ……あ……っ」

かすかに震えながら、佳文が眉間《みけん》に皺《しわ》を寄せた。

アナルセックスに慣れたとはいえ、入れられるときの違和感はなくならないらしい。

もともとゲイではなかった佳文だ。好きなようにセックスさせてくれる器の大きさを見せられて、せめてこの世のものとは思えないほどの快楽を与えてあげたいと、五年前に思ったはずだ。

それなのに自分のことしか考えずに風呂場であんな凶行に及んでしまった。もう二度としない。苦しさや辛さを、セックスで味わわせることなどしない。

「佳くん、佳くん……」

根元まで埋《う》めこみ、入れさせてくれた感謝の想いを乗せてくちづける。腕の中で、佳文が身じろいだ。

「おまえ……おっきいんだよ……」

拗《す》ねたような口調での苦情は、逆効果だ。

ぶわっと興奮度がアップして、高秋はさらにおっきくなってしまった。

「ちょっ、おい、どうしてもっとデカくなってんだっ」

「ごめん、佳くん」

ちいさくしようとしても、佳文の中の熱さと心地良い締めつけがあるかぎりどうにもならない。

「もういいから、さっさと動けよ」

佳文の許可をもらったので、高秋はゆっくりと動きはじめた。最初は佳文を気遣いながらの動きだが、しだいに激しくなってしまうのはいつものパターンだ。高秋としては佳文に優しくしたいのだが、男としての本能に負けてしまう。

それでも欠片《かけら》だけ残っている理性でもって、佳文の感じる場所をペニスで擦ったり突いたりした。

「あーっ、あっ、あんっ、んんっ」

佳文が背中をのけ反らせて後頭部を布団に擦りつける。突きだされた胸の乳首に、高秋は吸いついた。

「ああっ、あうっ、うっ、そこ、そこは、いやだ……っ」

さっきさんざん愛撫した乳首は、敏感すぎるほどになっているのだろう。べろべろと舐め回すと、佳文は泣きながら「いやだ」と首を左右に振った。だが本当に嫌がっているわけじゃない証拠に、股間のペニスがいきそうなほど高ぶって先端から白濁《はくだく》混じりの露《つゆ》をこぼしている。

「いきそう?　いっていいよ。佳くん、きれいにいってみせて」

「やだ、やだぁ、もう、あーっ、あーっ!」

かりっと乳首に歯を立てた瞬間、佳文が絶頂を迎えた。ペニスから白濁が迸《ほとばし》る。と同時に後ろがきゅうっときつく収縮して、高秋も達してしまった。

「……くっ……」

佳文の奥深くに愛情のすべてを注ぎこみながら、びくんびくんと撥《は》ねる佳文の腰を押さえつけて、その姿を凝視する。

きれいだ。佳文のいくときの顔は、とんでもなくきれいだ。少年の瑞々《みずみず》しさが残る肢体を無防備に広げて、佳文は胸を喘がせ、激しい快感の余韻《よいん》にひたっている。

きれいなだけではなく、色っぽい。日頃の男らしさとのギャップもあるのかもしれない。

「佳くん……」

そっとキスをして、頬を撫《な》でる。汗ばんだ額と首筋、そして胸。白くて細い腰と、てのひらを這わせていく。投げ出された足を片方だけ持ち上げた。結合部分がよく見える体位にして、腰を何度か突いた。

「あ、んっ、や……」

佳文が悩ましげに顔を歪める。いやと訴《うった》えながらも、高秋をくわえこんだ窄まりはいい具合に締めつけたまま離そうとはしない。高秋のそれが、いっこうに萎《な》えないのは佳文のせいでもある。

「佳くん、このまま……いいよね」

中に出した体液が、高秋の動きにあわせてぐちゅぐちゅと濡れた音をたてた。耳から犯されたように恥ずかしがる佳文がかわいい。

「佳くん、大好き、佳くん……」

「あ、ん、んっ」

「ここいい？　痛くない？　気持ちいい？」

「聞くな……っ、そんなの……」

耳まで赤くなって「見ればわかるだろ」と佳文が怒った。一旦《いったん》は萎《な》えたものの、高秋が動くうちに勃《た》ち上《あ》がってきた佳文のペニスを握りこむ。

「あっ…………んっ」

片脚だけ高く掲《かか》げられた不安定な体位で揺らされながら、佳文はまた軽くいった。

高秋が熱心に愛したせいで、佳文は射精を伴《ともな》わない絶頂にも達することができるようになっている。

今夜は何度でも勃起できそうな予感がしている高秋だ。佳文をどれだけドライでいかせることができるだろうかと、愛をこじらせた奉仕精神でもって考える。

佳文にはまったくもって、ありがた迷惑な愛情表現としか言えなかったが、高秋はあくまでも真剣である。

「佳くん、いきそう？　またいく？　いっていいよ、ほら、いって」

小刻みに浅い部分をペニスで突きまくる。

「ひ……、あーっ、あーっ、やだ、やーっ」

がくんがくんと腰を撥ねさせながら佳文が達した。撒《ま》き散《ち》らされた精液は一回目よりもずっと少ない。

「もっといって。佳くん、俺ので感じて…。愛してる、ずっと、愛してる」

容赦《ようしゃ》ない愛撫を施《ほどこ》されて、佳文は立て続けに声もなく絶頂に達した。射精せずに痙攣《けいれん》している佳文の体を、高秋は抱きしめる。強烈な締めつけに抗《あらが》えず、つられたように高秋もいっていた。

「ああ、佳くん………」

最高だ、と高秋は佳文にキスをする。一滴残らず愛する人の中に注ぎこみ、高秋はひとまず満足する。

「………おい、ほどほどにしろって、言っただろ……」

弱々しく文句を言う佳文の声は、気の毒なほどかすれている。

「ごめん。でもほどほどだよ?」

高秋はまだまだできるくらい元気だ。佳文への愛はこのくらいでは涸《か》れない。

「絶倫め」

佳文が不貞腐《ふてくさ》れたように唇を尖らせる。それがまたかわいくてたまらない。

「佳くん、きれいにしてあげる」

「しなくていい」

「いや、たくさん出したから、洗った方がいいよ」

「しなくていいって言ってんだよっ」

拒絶する佳文を、高秋は抱き上げて風呂場へ連れていった。こればかりは嫌がっても強引に済ませてしまったほうがいいと知っている。中出しした体液をそのままにしておくと具合が悪くなるのは、五年前の最初のセックスで実証済みだ。

浴槽《よくそう》に湯を溜めると時間がかかるので、シャワーだけにした。温かいシャワーでざっと体の表面の汚れを流す。膝に抱っこしたまま佳文の足を広げさせ、二回分の体液が入っているそこにシャワーヘッドを当てた。

「自分でやるから、おまえは出ていけ」

「やらせてくれよ、佳くん。やりたいんだ」

この作業が、じつは好きな高秋だ。

「この、変態っ」

佳文に罵倒《ばとう》されながらも、高秋はドキドキわくわくしながら、最後まできっちり奉仕させてもらったのだった。

佳文はそれから半月後に退職することになった。

高秋が知らされていなかっただけで、すでに二ヵ月も前から徐々に仕事の引き継ぎがはじめられており、退職するころには安達は完璧《かんぺき》——と言えないまでも、任せられるようになったと聞いた。

「俺はね、まだ諦めていないからな」

その安達に下から睨み上げられて、高秋は居心地が悪い。勤務最後の日、同僚たちが開いた送別会の会場に、高秋は佳文を迎えに来ていた。

佳文に指示された時間通りに来たはずだが、居酒屋の座敷はまだ送別会が終わる気配はなく、かなり賑《にぎ》わっている。

三十人ほどはいるだろうか。スーツの上着を脱ぎ、ワイシャツとネクタイ姿になったサラリーマンたちに囲まれている佳文が、上座にいるのが見えた。

当然のことながら、佳文は同僚たちに愛されていたのだろう。たぶん別れを惜しんでいる彼らに、苦笑してなにかを言っている。

佳文が高秋に気づいて、片手で拝むようにして「ごめん」とジェスチャーをした。高秋は「外で待ってる」と出入り口の方を指差し、いったん引きあげようとしたところで安達に見つかって捕まったのだ。

「あんたね、作務衣《さむえ》なんか着てくるなよ。従業員と間違えるだろう」

そんな文句からはじまった。安達は酔《よ》っているようで、顔が赤く、呂律《ろれつ》があやしい。

「俺は、俺はさ、小池先輩を尊敬してるわけ。なんにもできない新人の俺を、一から指導して育ててくれたのは先輩なんだ。厳《きび》しいけど間違ったことは絶対に言わなくて、仕事ができて、たまにちょっと優しくて、俺はもう、この人に一生ついていくって決めていたんだぞ！」

半泣きの安達にぐいぐいと胸を押されて、高秋は壁際に追い詰められる。

酔っ払いに絡まれて困っていると思われたらしく――まさにその通りなのだが、居酒屋の従業員が「大丈夫ですか」と声をかけてくれたが、「知り合いなんで」と立ち去ってもらった。

安達の愚痴《ぐち》はもっともだ。佳文に心酔《しんすい》して、ついていくと決めていたのは本当だろう。なのにいきなり退職すると聞かされて、どれほどショックだっただろう。しかも理由が同棲している書道家のサポート役に徹したい、だ。

「会社辞めて家庭に入るってなんだよ。嫁《よめ》かよ。そんなの許せるわけねぇだろ」

「すまない」

「すまないじゃねぇよ。俺の先輩を返せよっ」

「それはちょっと無理だな」

「無理してでも返せよ！　あの人は家庭におさまるような人じゃないんだよ！」

それはだれもが思うことらしく、先日、川口にもおなじようなことを言われた。高秋の陰になるような器じゃないと。

だがそれを佳文に伝えたところ、笑い飛ばされた。そしてこう言った。

「俺は専業主婦になるつもりはないよ。おまえを完璧にマネージメントして、世界に売り出す。世界のササオにして見せるぜ」

挑《いど》むように言い切った佳文は、きらきらと輝いていて格好よかった。

「高秋はいつも通りに書けばいい。細かいことは気にするな。裏方の仕事は俺が全部やってやる」

世界と聞いて怖気《おじけ》づいた高秋に、佳文は頼もしい笑みも見せてくれた。

「このまえにも言っただろ。もしおまえが書けなくなっても、売れなくなっても、俺が食わせてやる」

「佳くん…っ」

感激のあまり興奮してまたセックスに突入したのは言うまでもない――。

佳文は世界進出の野望を安達に打ち明けていないのだろう。すっかり家庭に入ってしまうと思いこんでいるようだ。

しかしここで、じつは世界を狙っていると口にしても、大それたことを言うなと怒られそうだ。言わない方がいいだろう。

安達の愚痴を廊下の隅で聞き続けていたら、佳文がやっと座敷から出てきた。両手に山ほどの花束《はなたば》を抱えている。

慌てて半分持ってやると、佳文もいくぶん酔った顔で「ありがと」と言ってくれた。目元がほんのりと赤い。瞳も潤《うる》んでいる。酔った時の表情は、快楽に蕩《とろ》けたときのそれに似ているのは気のせいじゃないと思う。だから外で飲まないでほしいと約束させたのだ。

高秋が場所を忘れて、思わずごくりと生唾《なまつば》を飲んだときだった。

「先輩〜、どこにも行かないでくださいよ〜」

安達が佳文の背中にすがりつき、めそめそと泣きはじめた。怒り上戸《じょうご》かと思ったら、泣き上戸か。

「いつでも遊びに来いよ。それとも書道をはじめるか？　精神統一にいいぞ」

「そんなひどいこと言わないでください〜」

「どこがひどいんだ？」

佳文は上機嫌で笑っている。退職が暗い影を落としていないことにホッとした。これから思う存分、高秋の世話を焼けると、佳文は喜んでいるのかもしれない。

「こいつに教えてもらうなんて嫌です〜」

「高秋は書道教室なんかやってないぞ。そんな時間はないからな。俺が教えてやるよ。一応、段位持ちだぞ」

「ええっ、そうだったんですか？　だから先輩の字ってキレイなんだ」

またひとつ尊敬すべきポイントが増えたらしく、安達は陶然とした目で佳文を見つめる。

気に食わない密接度だが、今夜が最後だと思えば多少のことは許せた。

そう、今夜が最後だ。佳文に書道を習うなんて許可できるわけがない、と心の中で却下《きやっか》する。

安達が佳文を一方的に慕《した》っているだけでなく、どうやら佳文も安達を特別な後輩としてかわいがっているようなのだ。これだけ慕われたら情がわくのは当然だろうが、高秋は面白《おもしろ》くない。もし万が一、安達が佳文に対して欲情して、佳文が一回くらいならいいか、なんて絆《ほだ》されたりしたら、高秋は憤死する。確実に憤死。

ちょっと苛々《いらいら》しながら佳文と安達の話が終わるのを待つ。座敷の数人が、高秋がだれか気づいたようだ。指をさしてひそひそと話をしている。

会社の大会議室に高秋の書が飾られたのは先週のことだ。

佳文を想いながら筆を走らせた「愛」という書。社長と副社長は満足してくれたようで、ものすごく感謝された。社内の評判も上々のようだと佳文から聞いている。

ちょっとしたお披露目《ひろめ》のセレモニーが開かれたそうだが、それには出席しなかった。でも大会議室を見に行ったときに目立ったらしく——和装だったせいだろう——、高秋の顔は社内の一部で知られてしまった。面倒くさいので声をかけられる前に帰りたい。

はやく家に帰って、二人きりになりたかった。これからずっと二人きりなのだから、そんなに焦《あせ》らなくてもいいのはわかっているが、それでもだ。

「じゃあな。本当に遊びに来いよ」

「先輩〜」

縋りついてくる安達を、別の同僚が「まあまあ」と宥めながら捕まえてくれているうちに、佳文と高秋は居酒屋を出た。

コインパーキングにとめた車まで、二人で歩いた。花束を抱えて歩く佳文は、とても晴れやかな表情をしていてきれいだ。手を繋ぎたいなと思ったが、花束が邪魔だ。いまは諦めよう。

「高秋……」

「なに？」

「花が邪魔で、手が繋げないな」

ふふっと笑いながら、すこし照れたように見上げてくる佳文がたまらなく愛しくなった。どうしておなじことを考えたのだろう。心が繋がっているとしか思えない。

「佳くん」

両手が塞《ふさ》がっているので、高秋は「ん」と顔を突きだした。キスしたい。キスしてほしい。外だろうがなんだろうが、かまわない。

「えっ？」

佳文はすぐに高秋の要望を察してくれて、びっくりした顔になってきょろきょろと周囲を見渡す。コインパーキングは表通りから一本入ったところなので、その周囲にあまり人はいなかった。

「ん」

催促《さいそく》すると、佳文がため息をついた。

「もう、しかたがないな」

そんなふうに拗《す》ねた口調になりながら、佳文が「ん」と唇を尖らせる。ちょんと触れるだけのキスだったが、高秋は満たされた。

「恥ずかしいヤツ」

満面の笑みになった高秋を、佳文が呆れた感じで睨んだ。

「佳くん、これからもよろしく」

「そんなの言われなくてもよろしくするよ」

ふん、と佳文はそっぽを向いて——でも耳が赤くなっていた。いきなり歩調を早めた佳文を、高秋は慌てて追いかける。

どこに車が止まっているのか、詳《くわ》しく知らないくせに、いまさら恥ずかしくなって逃げようとするなんて。

なんてかわいいんだろう。

「佳くん、待って」

「いやだ、バカッ」

人類史上最高にかわいい「バカ」ではないかと、高秋は幸せを噛みしめた。

愛は永遠

『書道家、笹尾高秋《ささおたかあき》は、直感を大切にしている――』

低音ボイスが売りの俳優がナレーションをつとめるテレビ番組で、高秋が紹介されている。

四角い画面の中で、自分が動いているのがなんだか不思議だった。見慣れない作務衣《さむえ》を着ているのも違和感がある。いつも普段着にしている、いい感じにくたくたになって肌に馴染んでいる綿の作務衣ではなく、佳文《よしふみ》が特別に取り寄せた麻百パーセントの新品の作務衣を着ていた。

夏らしい涼しげな見かけでテレビ映《ば》えはしているようだが、何回か洗濯をして使いこまなければ気に入った着心地にはならないだろう。

『五歳のころから、書道家だった祖父に手ほどきを受け、彼は高校時代にはすでにセミプロと呼ばれていた』

そこで昔の写真がいくつか画面に現れる。このために、ディレクターだというヒゲ面《づら》の痩《や》せた男が古いアルバムから写真を何枚か抜いていったのかと、高秋は「ふーん」と頷いた。その隣で、佳文が真剣な顔でテレビを見つめている。

番組は国内のさまざまな分野の若手注目株を特集したもので、一時間という枠《わく》の中で四人が紹介されていた。いったいどういうツテがあったのか、テレビの話を持ってきたのは佳文だ。

「名前を売るチャンスだから、企画に乗っかろう」

佳文がものすごく乗り気だったので、撮影《さつえい》なんて面倒だったが高秋は了承した。

その撮影の日、ディレクターと長い棒の先にマイクがついた器具を担《かつ》いだ男やカメラをかついだ男たちが自宅にやってきた。高秋の日常を撮影するので、いつものようにアトリエで仕事をしてくれと言われ、大きいものから小さいものまで、いくつか書をしたためた。その後、インタビューをされて、適当に答えた。

『僕は書が好きです。口が上手《うま》くないので、書で気持ちを表している部分がありますね。教えてくれた祖父には感謝しています』

優等生的に答えて、画面の中の高秋はにこっと笑った。われながら恥ずかしい。できれば見たくない。でも席を外したら佳文が怒りそうなので我慢した。座敷のテレビを二人で並んで見ている。昼間はまだ残暑が厳《きび》しいが、夜ともなればずいぶん和《やわ》らいできた。高秋はいつもの作務衣姿で、座卓に肘《ひじ》をついて身を乗り出すようにして画面に喰いついている佳文は清潔感があふれる白いポロシャツとハーフパンツというラフな格好だった。

ハーフパンツからはきれいな臑《すね》から下が見えている。体毛が薄い佳文の足は、脱毛していないのにつるつるしていた。本人は男らしくない足だとコンプレックスのひとつにしてしまっているようだが、高秋は性別を超越した美しさしか感じない。

思えば小学生だった佳文が祖父の書道教室に通ってきていて、半ズボンで正座しているときの丸い膝に欲情したのだった。そっと手を伸ばして足を撫《な》でたい衝動にかられたが、テレビに集中している佳文に叱《しか》られるのが目に見えているので我慢した。

『まだまだこれからです。自分が書くものに満足する日は来ないでしょうね』

偉そうに高秋が答えている。カメラに写らない場所を選びながらも佳文がずっとそばにいてくれたので、高秋はなんとか大人の書道家という仮面をかぶっていられたようなものだ。みんなが帰ってしまって、佳文と二人きりに戻ったとたんに脱力し、ぐずぐずと佳文に絡んだけれど。

恥ずかしすぎて視線をそらし気味にしながらも、高秋はなんとか番組の終わりまで佳文の横に座っていた。だがエンディングの曲がはじまったと同時に両手で顔を覆《おお》う。

「うううう、恥ずかしい……」

「そうか？　カッコよく撮《と》ってくれていたじゃないか。うん、なかなかよかった。これは反響が楽しみだ」

「なに？　反響ってなに？　俺、なんか言われるの？」

「高秋の風貌っていかにも芸術家って感じだから、テレビ映えすると思ってたんだよな」

佳文はうろたえる高秋を無視してご機嫌な様子だ。ふふんと笑いながら立ち上がり、座敷を出ていってしまう。高秋はなんとなく追いかけた。佳文は台所へ入っていく。

「ねえ、佳くん、反響ってなに？」

「仕事が増えるかもってこと」

「えーっ、もっと増えるの？　いまでもじゅうぶん忙しいのに……」

「大丈夫、俺がきちんと選んでやるから。無理なく書けるようにスケジュールを組む」

「……佳くんがそう言うなら……」

佳文は自信に満ちた笑顔で高秋をちらりと見ると、鼻歌をうたいながらヤカンを火にかけている。その後、二人分の湯のみと急須を出し、食器棚に並んでいる茶筒の中でも高価な茶葉を選び、分量をはかって急須に入れた。かなりご機嫌な佳文に、高秋は恥ずかしかったがテレビの出演はまちがいではなかったようだとホッとした。

「佳くん、俺、カッコよかった?」

「………そこそこね」

佳文はメガネのブリッジを右手の中指でちょいと上げ、目を逸《そ》らしたままぶっきらぼうに答える。さっきはっきりと「カッコよく撮ってくれていた」なんて言ったくせに。んもう、照れ屋さんなんだから。

「佳くん、好きだよ」

「うるさい。聞き飽《あ》きた」

耳をほんのり赤くしながらも澄ました顔でお茶を淹《い》れている佳文を、高秋はでれでれと鼻の下を伸ばして眺《なが》めた。

佳文が会社を辞めてから三ヵ月がたち、夏が過ぎてぼちぼち残暑も終わりの九月になっている。この三ヵ月はまさに夢のようだった。毎日毎日、佳文は出社することなく(退職したのだから当然なのだが)高秋の世話を焼いてくれた。おはようからお休みまで、高秋のそばにいて、高秋が仕事をしやすいようにと心を砕《くだ》いてくれた。

家事はいままで以上に完璧《かんぺき》で、おかずの品数とレパートリーが増えた。書の依頼の応対はもちろん、佳文がすべてをさばく。ずっと家にいてくれるから、高秋がうっかり依頼の電話を取ってしまって訳がわからなくなることはない。

お腹が空《す》いたなと思えば食事を出してくれるし、喉が渇《かわ》いたなと思えばお茶を淹れてくれる。気分転換がしたければ話し相手になってくれるし、一緒に散歩もしてくれる。

そして——これが一番重要だ。不意に欲情しても処理してくれる！

昼間からフルコースはしないが、「この絶倫が」と悪態をつきつつ、優しく手や口でいかせてくれるのだ。夜の営《いとな》みにいたっては、まさに高秋の思うがまま。以前は会社勤めの佳文の体調を気遣《きづか》ってセックスをしていたが、あまり考えなくてもよくなったのだ。ブラボー！

佳文の愛がこもったお世話に、高秋は絶好調だった。怖いものナシ状態とも言う。佳文の収入がなくなった分を頑張って稼《かせ》がなければと力んでいたときもあったが、そんな心配は無用だったのだ。

とにかく高秋は、佳文がそばにいてくれさえしたら書ける。佳文はあいも変わらず高秋のミューズだ。

「ほら」

「ありがとう」

熱々のお茶を差し出され、ダイニングテーブルで向かいあって静かに飲んだ。長年連れ添った夫婦のような時間に、高秋はうっとりしてしまう。

「今日のノルマはこなしたか？」

「うん、大丈夫」

「明日は…そうだな、市民文化祭用のものに取り掛かるか？　ほかに急ぎのものはないから」

十一月の文化の日に市民会館で大規模な市民文化祭が開かれる予定で、高秋も出品するように要請《ようせい》されていた。

「たしか、お題は自由だったよね」

なにを書こうかなと高秋はわくわくしてくる。最初から書く字が決まっている依頼も悪くないが、自由だとうれしい。文化の日だからそれに因《ちな》んだ字でもいいし——とあれこれ考えている高秋の前で、佳文は別方向のことを考えていた。

「市民文化祭だから謝礼は少ないが、もし譲《ゆず》ってほしいという申し出があったら売る。その場合、相場の値段を提示するからな」

「ああ、それは佳くんに任せているから、好きにしていいよ」

高秋は作品の値段にこだわりはない。そんなに物欲も名誉欲もないので、そこそこの生活が送れればいいと思っている。だが佳文はちがった。作品を高秋の魂《たましい》並みに大切に思ってくれているから、安くは売れないと考えている。

それに、高い方が購入者が大切に扱《あつか》ってくれるはず、なのだそうだ。たしかに大切に扱ってもらえた方が、高秋も嬉しい。心をこめて書いたものが粗末にされることほど、悲しいことはない。佳文はいつも正しいので、高秋は全幅《ぜんぷく》の信頼を置いていた。

佳文はパーフェクトだ。家事は完璧だし世の中をうまく渡っていく賢さも備えている。なによりも、色っぽくて名器の持ち主で高秋を好きでいてくれる。あきらめずにアタックし続けて本当によかった。佳文が振り向いてくれて、本当に本当によかった。

このまま共白髪《ともしらが》まで一緒にいたい。高秋は自分の愛が涸《か》れることはないと断言できるから、佳文に愛想を尽かされないように頑張っていくつもりだ。

「佳くん、お風呂の用意ってできてる?」

「ああ、もういつでも入れるぞ」

さすがパーフェクトマンだ。愛《いと》しさがとまらない。

「じゃあ、一緒に入ろうか」

「…………どこから、『じゃあ』に繋《つな》がるのか、さっぱりわからないんだが」

佳文が湯のみの向こうから胡乱《うろん》な眼を向けてくる。冷たい視線にぞくぞくしてしまうのは、高秋がちょっとおかしいからだろうか。いやいや、佳文もじゅうぶんおかしい。こんな態度でいながらも、実際にその場面になってしまえばトロトロに蕩《とろ》けるのだから。

「入ろうよ」

「いやだ。おまえと一緒に入ったらとんでもないことになるのはわかっている」

「テレビの撮影を頑張ったんだから、ご褒美《ほうび》がほしいな」

「うっ……」

佳文は言葉につまり、しばし逡巡《しゅんじゅん》したあとため息をついた。目を伏せて、じわりと耳を赤く染める。素晴らしい肌色の変化に、高秋はまたもやうっとりと見入る。

「……しかたがないから、入ってやる」

「ありがとう。うれしい」

「しかたがないからだ」

佳文は不本意そうに唇を尖《とが》らせ、空《から》になった湯のみをシンクに置く。高秋も自分の湯のみを置いた。

「そういえば、さっきのテレビ……インタビューで佳くんのことをものすごく喋《しゃべ》ったのに、全部カットされていたような気がする……」

「あたりまえだろ。どうして全国放送でカミングアウトしなきゃならないんだ。俺がディレクターに頼んでカットしてもらったんだよ」

「えー、佳くんの素晴らしさをみんなに知ってもらいたかったのに」

「あのな、男同士でこうなっていることを隠すつもりはないが、わざわざ全国放送の電波に乗せることはない。番組の趣旨《しゅし》がちがうだろうが。それに、俺はおまえの書を色眼鏡で見てもらいたくないんだ」

佳文が真剣にそう考えていることは伝わってきたので、高秋はそういうものなのかなと頷いた。佳文が言うことに間違いはないのだ。佳文は正しい。佳文はパーフェクトだから。

「さ、行こうか」

高秋が促《うなが》すと、佳文の目元がピンクに色づく。やっぱりパーフェクトだ。恥じらう反応が。その伏せたまぶたの色が……！

愛を確認する行為を堪能《たんのう》するために、高秋はぐずぐずしようとする佳文を風呂場へと引っ張っていくのだった。


市民文化祭用の書を締め切りよりもずいぶんと早く書いた高秋は、佳文に褒《ほ》められてご機嫌だった。畳一畳《たたみいちじょう》ほどのサイズの和紙に『窓』と一文字のみ。秋という季節にちなんだ字にしようかと思ったが、考えているうちに窓から抜けるような秋の青空を眺める佳文という場面が思い浮かんだのだ。

アトリエの床に置かれた書を眺めて、佳文が「いいね」と頷く。

「すごくいい。この書からは窓から見上げた青空が想像できる」

さすが佳文はわかってくれている。説明しなくても高秋が書いたものの真意を理解してくれる佳文に、ますます惚《ほ》れてしまいそうだ。

「きっとこの書は、見た人ひとりひとりの中にいろいろな窓からの風景を想像させると思う。夏の入道雲だったり、雪が舞う冬の庭だったり、外から家の中を覗《のぞ》きこむ光景だったり……。なにが見えるんだろう――」

佳文が高秋を振り返ったので、「俺には佳くんが見える」とカッコつけて言ってみたが、目を逸らされた。

「つまらない答えだ」

「なんでだよ、佳くんが窓から秋の空を眺めているシーンを想像して書いたのに」

「……ふーん……」

佳文の耳がほんのりと赤くなった。照れている。かわいい。背後から抱きしめようと両手を伸ばしたが、寸前で家の電話が鳴った。佳文が子機のある方へとふいっと歩いていってしまい、高秋の手は空振りする。

「佳くーん」

切なく名前を読んでも、佳文は子機を手にアトリエを出ていってしまった。

褒めてくれたのだからキスのひとつでもしてくれればいいのに――なんていじけつつ、祖父から譲り受けた年代物の文机《ふづくえ》に向かう。筆にたっぷりと墨《すみ》を含ませ、半紙に『いけず』とか『ツンデレ』とか『でも好き』『大好き』とか書いていたらとまらなくなった。佳文が子機を手に戻ってきたときには『弄《いじ》る』『舐《な》める』『抜かずの二発』と書き散らかしていた。

「おまえ、なに書いてんだよ」

呆《あき》れた顔をしつつも佳文は怒らない。なんとなくドヤ顔になっているので、電話の内容がなんだったのかわかった。仕事の依頼だ。

「高秋、デカい仕事が入ったぞ」

「へー、どんな？」

「ニューヨークの画廊《がろう》で個展だ」

「へー……、へ？」

ぎょっとして振り返る。驚いている高秋に、佳文はにっこりと微笑《ほほえ》んだ。凄味《すごみ》のある笑みに、世界進出という佳文の野望がかないつつあることを悟る。

「い、いったい、なにがどうなって、そんなことに？」

「このあいだのテレビ番組が、ネットで評判になっていることは知っていたんだが、それがニューヨークの画廊のオーナーの目にとまったらしい。一週間ほど前に個展開催の意思はあるかとメールで問いあわせてきていたから、あると返事を送っておいた。それでいま、エージェントから電話がかかってきて、マネージャーの俺に一度会ってみたいと言ってきた」

ネットで評判？　そんなこと、ぜんぜん知らなかった。

高秋の交友関係は広くない。高卒で書道家なんてやっているものだから、旧友に会っても話が合わないのだ。いまでも付き合いがあるのは喫茶店を経営している幼馴染みの川口《かわぐち》くらいで、たまに外に出ても会うのは近所の人ばかり。高齢化の日本を象徴しているような町なので、インターネットにはかかわりのない暮らしをしている人がほとんどなのだろう。高秋に「テレビを見たわよ」と声をかけてくれる人はいても、ネットでどうこうと言う人はいなかった。

いつのまにネットで高秋が話題になり、それが海を越えてアメリカのニューヨークまで伝わってしまったのか――。ネットにタイムラグなどないのは常識としてわかっていても、実感がない。未知の世界だ……。

「とりあえず会ってみる。高秋を安売りするつもりはないから、条件が悪ければ話には乗らないけど、きちんと芸術家としてリスペクトしてくれるのなら折衝《せっしょう》に入ってもいい。準備に時間がかかるから、早くても半年から一年は後だろう。高秋はどう思う?」

「どう……って」

ただびっくりしている。海外で個展なんて。

佳文の野望が荒唐無稽《こうとうむけい》だとまでは思っていなかったとしても、高秋は他人事《ひとごと》のように感じていた。ちまちまと書いているだけの自分が世界に出ていく場面など想像できなかったからだ。

そもそも高秋は日本から出たことがない。パスポートすら持っていなかった。一番遠くまで出かけたのは高校時代の修学旅行で、九州までだ。旅行に興味がなく、車の免許を取ったのは祖父の通院に必要だったからだ。いまではペーパードライバーで、車を使って出かけるときは佳文が運転してくれるくらいだった。

そんな自分がニューヨークで個展？　くらくらしてきた。

「……佳くんは、やりたいんだ？」

「やりたい。おまえなら大丈夫。絶対に成功する」

佳文はふふふと不敵に笑いながら、『窓』の書を見つめた。そのまなざしには愛情がある。ビビっていた高秋の気持ちが、すこし落ち着いた。

「ネットで、俺はなんて言われているんだ？」

「現代のサムライだってさ。ストイックな横顔、侘《わ》び寂《さ》びを墨一色で描く芸術性、とかなんとか。無料動画サイトに、おまえが筆で和紙に漢字を書いているシーンが番組から切りとられてアップされている。すでに二百万回も再生されているぞ」

「は……？」

二百万回？　三回ならわかる。佳文と川口と、海外に移住した両親だ。だが二百万回も、いったいだれが見たのか理解不能だ。

「その風貌《ふうぼう》と作務衣で書道家なんて、ものすごく絵になるからな。日本人にとっては特に珍しくないかもしれないが、海外から見たらファンタスティックなんだろう。おまけに高秋は見かけ倒しじゃない。書くものは芸術性に富む、素晴らしい書だ。やっぱりわかる人にはわかるんだ。これからが楽しみだ」

佳文の体からめらめらと炎《ほのお》が上がっているようだ。ものすごく燃えている。野望とは無縁の高秋にとったら脅威《きょうい》の燃え方だった。高秋のために燃えてくれているのはわかるが、なんだか置いてかれたような感じがする。高秋は自分のことなのに現実味がなくて、茫然《ぼうぜん》とするばかりだ。

「あ、あの、佳くんが好きなように進めてくれていいから」

「そうか？　じゃあ、任せてくれ」

佳文の晴れやかな笑顔に気圧《けお》されて、高秋は控《ひか》えめに頷いたのだった。

あまり実感がなかったテレビ出演の効果だが、それからじょじょに高秋にもわかる形で増えはじめた。

高秋の書は業界で若手としては良い値がついているため、大きいものだと高価だ。色紙ていどなら数万だが、美術館や公民館、音楽ホールなどに飾る大作となるとケタがひとつもふたつも違ってくる。そのため仕事の依頼には放映からタイムラグがあったのだろう。気に入ったからすぐに大枚をはたいて——とはならないのではないかと、佳文は話していた。

「これと、これは受ける。これは断る。とりあえず、これから取りかかってみてくれ」

佳文が作成した依頼表を、高秋は受け取った。依頼一件ごとに、依頼主、書のサイズ、文字のリクエスト（あるいはイメージ）、書を飾る場所などが箇条書きになっているものだ。ここに金額は明記されていないから、高秋は自分がいまどれだけ稼いでいるのか知らない。高秋にとって重要なのは、依頼された書についての詳細だ。

「これは、個人宅なのか？」

「個人宅だが、有名な大企業の創業者一族の屋敷で、親族が頻繁《ひんぱん》に集まる座敷の掛《か》け軸《じく》を所望だ。なんと先生の古い知り合いでもあった」

佳文がここで先生と呼ぶのは、高秋の祖父だけだ。小学生から中学生にかけて祖父に師事していた佳文は、いまだに尊敬している。

「先生が亡くなったあと、この家とは没交渉《ぼっこうしょう》になっていたんだな。テレビを見て、孫の高秋が書道家になっているとはじめて知ったらしい」

「祖父《じい》ちゃんの知り合いかぁ。じゃあ気合いを入れて書かないと」

「頑張ってくれ」

佳文がにこっと笑顔で励《はげ》ましてくれたので、高秋は俄然《がぜん》、創作意欲がわいてくる。

「あと、こっちはちいさい依頼だが、今後のためにも受けておいた方がいいかと思って」

佳文が依頼の取捨選択をしてくれるので、高秋はものすごく楽をさせてもらっている。佳文がよかれと思って受けたのなら、高秋はなにも言わずに書くだけだ。

「ちょっと忙しくなりそうだけど、大丈夫か？　これらの合間に、個展に出す作品の構想も練っておいてほしい。全部で百点くらいは持っていきたいから」

「そんなに？」

「途中で一部を入れ替えることも考えているんだ。おまえの書を気に入った客に、もう一度足を運んでもらえたらと思って」

「ん、わかった」

佳文がそうしたいなら、高秋は応《こた》えたい。拳《こぶし》を握って請《う》け合《あ》った高秋に、佳文が笑ってくれた。この笑顔があれば、二百パーセントで頑張れる。愛する佳文に喜んでもらいたい。

昨夜も佳文は高秋の要求に応えて、色っぽく官能的に悶《もだ》えてみせてくれた。佳文の体はますます感じやすく、ますます名器になってきてしまい、ここのところ高秋は降参することも多い。困ったことになったと思いつつ、幸せを噛みしめる日々だ。

「じゃあ、俺はちょっと打ち合わせで出かけてくる。帰りは夕方になるから、昼食は川口さんのところで食べてくれ」

「行ってらっしゃい」

佳文は珍しくスーツを着て出かけていった。いつも一緒にいるから、たまにこうして佳文が出かけてしまうと寂しさを感じる。たかが数時間の外出で、夕方には戻ってくるとわかっているのに。

高秋はつまんないなと思いながらも、昨夜の佳文とのあれこれを反芻《はんすう》しながら書をしたためた。集中していると時間の感覚がマヒしてくる。空腹を感じて時計を見たら、とうに正午を過ぎて一時近い。

道具を片づけ、高秋は川口が経営する喫茶店『River』に向かうために家を出た。住宅街を歩いていくと、古い喫茶店が見えてくる。こぢんまりした店は、近所の常連客でいつも賑《にぎ》わっている。ランチタイムはつねに満席だ。

「いらっしゃいませー、って、笹尾《ささお》か」

子供のころからふっくらとした体型だった川口は、二十代半ば《なか》になってもやっぱりふっくらとしていて、カウンターの中から高秋に手を振った。テーブル席はほぼ埋まっていたがカウンターが空いている。そこに座ると、背後から顔見知りのおばちゃんたちから「あら、電信柱かと思ったら高秋くん」とか「あいかわらず無駄に背が高いね」なんて言われて苦笑した。

「ランチか?」

水とおしぼりを出してくれながら川口が聞いてくる。

「小池君《こいけくん》から電話をもらった。夕方まで外出だから、おまえが来たらなにか食わせといてくれって。あいかわらず過保護だね」

「佳くんがわざわざ電話?」

過保護と言われても高秋はいやじゃない。それだけ佳文が自分のことを気にかけていてくれるという証拠だからだ。高秋がへらへらと笑っていると、川口が呆《あき》れた顔になる。

「いつまで熱々なんだよ。恐ろしいな」

「俺たちは死ぬまで熱々だよ」

「あっそ。せいぜい干《ひ》からびないようにな」

そんなふうに言いながら、川口は高秋に優しい。ハンバーグランチのデザートに、サービスでロールケーキを出してくれた。クリームが栗《くり》風味で季節を感じる。

食べているうちにランチタイムが過ぎ、おばちゃんたちが帰っていった。高秋だけになると、川口が内緒話のようにこそっと耳打ちしてきた。

「ニューヨークで個展をやるんだって？」

「えっ、なんで知ってんの」

「小池君に聞いた。今後、たびたび渡米することになるだろうから、おまえの食事の世話を頼むかもしれないって」

「………渡米……？」

初耳だ。びっくりしている高秋に、川口も驚いている。

「そりゃ渡米するだろ。電話とメールだけで個展の準備ができるはずないって、普通はわかるだろうが。考えていなかったのか？」

「う、うん……」

言われてみれば、そうだ。佳文はよりよい個展にするために労を惜しまないつもりだから、当然、ニューヨークまで行くだろう。以前、佳文は「とりあえず会ってみる」と言っていたが、あれは「会いに行く」ということだったのだ。どうしてその可能性に思い至らなかったのだろうか。

たびたびと川口に伝えたからには、渡米は一回ではない――。

高秋は青くなった。一度渡米すると、何日くらい向こうに行ったままになるのか見当がつかない。まさか一ヵ月とか二ヵ月にはならないだろうが、一週間くらいは離ればなれになるのかもしれない。

「ど、どうしよう、佳くんが何日も家にいないかもしれないなんて……」

「おまえのために留守をするんだから、しかたがないだろ。そもそも別居するってわけでもなし、ほんの数日の出張くらい、どうってことないだろうが」

「出張……そうか、出張と思えば……」

佳文は海外出張に行くのだ。そう考えれば納得できる。佳文がひとりで旅行へ行くわけではない。だが同棲《どうせい》して五年以上になるが、佳文とそんなに何日も離れていたことはなかった。佳文が会社勤めしていた当時、ケンカして帰ってこず、同僚の部屋に連泊したことならあるが、そのていどだ。

「もし、もし飛行機が落ちたら………」

「不吉なこと言うなよ。大丈夫だ。飛行機事故の確率って、交通事故より低いらしいぞ」

「でも絶対にないとは限らないだろ」

「そりゃそうだが、そんなこと言ってたら家から一歩も出られないだろ。バカなこと言ってないで、ほら、さっさと食べ終えて帰れ。仕事があるんだろ。テレビ放映のあと仕事の依頼が増えたって、小池君が喜んでいたぞ」

「あ、うん……」

佳文が喜んでいたと聞けば高秋もうれしい。とりあえず佳文が外出から戻ったら、渡米の件は聞こう。高秋は食後のコーヒーまできっちり飲んで、川口の店を後にした。佳文は夕方には帰ると言っていたから、早ければあと二時間くらいで戻ってくるだろうか。

仕事をする気が起こらなくて家中をうろうろしていたら、玄関の引き戸が開けられる音がした。「ただいま」と佳文の声が聞こえて、高秋はダッシュで玄関へ向かう。午前中に出かけたときと寸分違わないスーツ姿の佳文がそこに立っている。

「おかえり、佳くん、あの……」

いつアメリカに行くの、何日間くらい行くの、と聞こうとした高秋だが、佳文のあとに続いて玄関に入ってきた見知らぬ男を見てぎょっとした。四十歳くらいだろうか、佳文よりちょっとだけ背が高い、頭髪の量がいささか寂しい感じになっている中年男だ。やや恰幅《かっぷく》がいい体を仕立てのいいスーツに包み、温和な笑みを浮かべている。

「はじめまして、お邪魔します」

「高秋、お客さんだから、座敷にお通しして」

「あ、はい」

きりっと表情を引き締めている佳文はビジネスモードになっている。「どうぞ」と高秋は中年の男を奥へと促した。笑顔のままの男は家の中を見渡して、「なかなか味のある建物ですね」なんて言ってくる。ただ古いだけで古民家でもなんでもないので、そんなふうに言われても返答に困った。

座卓に座布団を出して男を案内し、高秋は台所へ早足で向かう。佳文がヤカンを火にかけてお茶の準備をしていた。スーツのまま背筋を伸ばして急須に茶葉を投入する佳文は、まるで茶道の師範のように動作が美しい。思わず見惚《みと》れてしまいそうになったが、高秋はハッと思い出した。

「佳くん、あの人はだれ？」

「これからお世話になる弁護士さん」

「えっ？　弁護士？　なんで？」

高秋には、弁護士という職業の人はトラブルが起こったときに相談する法律の専門家という知識しかない。

佳文がなぜ弁護士を雇ったのか。いったいどんなトラブルがあったというのか。もしかして高秋と別れるために弁護士を？　離婚？　離婚なのか？　正式に結婚しているわけではないが、離婚はいやだ、絶対にいやだ！

「佳くん、俺は別れないから！」

「はいはい、そういう反応をすると思ってたよ。説明するから座敷に行こう」

佳文は澄ました顔で急須にお湯を注ぎ、お盆に人数分の湯のみを載せて、すたすたと台所を出ていってしまう。高秋は慌てて追いかけた。

「お待たせしてすみません」

座敷に戻ると、中年男は床《とこ》の間《ま》の掛け軸を眺めていた。高秋の書だ。五年前に書いたもので、『秋桜』と書かれている。佳文と一緒に暮らすようになってはじめての秋、庭に咲いたコスモスの花を眺めながら中学から高校時代の佳文を想い、したためた。

「この書は笹尾さんの手によるものですよね」

「そうです」

答えつつ座卓にお茶を出す佳文だ。高秋は弁護士だという中年男の横顔をちらちらと見た。

「なんだか、この書は……見ていると面映《おもは》ゆいというか、青春時代を思い出しますね」

そんな感想をもらってしまい、高秋は軽く驚いた。正解だからだ。

この弁護士は佳文に次いで、高秋の作品にこめられた想いを正しく受け止めてくれる人かもしれない。『秋桜』の由来を知っている佳文が、無言で耳をほんのりとピンク色に染めていた。

佳文に促されて座卓につく。弁護士が上座に座り、高秋と佳文は対面に並んだ。

「笹尾高秋さん、あらためまして、よろしくお願いします」

差し出された名刺には、弁護士という肩書きと佐久間《さくま》譲治《じょうじ》という名前が印刷されていた。

その下にサクラダ弁護士事務所と書かれている。個人事務所ではないのだろうか。

「高秋、佐久間さんには、ニューヨークでの個展に関する、渉外《しょうがい》関係をお願いすることになった。事後報告ですまないが、もう契約した。佐久間さんは信頼できる人だと思っている」

「しょうがい…？」

聞いたことがない言葉がでてきて首を捻《ひね》ると、佳文が卓上に指で『渉外』と書いた。

「国がちがえば法律もちがう。俺は英語の達人ではないし法律の専門家でもないから、折衝《せっしょう》から契約にいたるまでのサポートをしてくれる人を探していて、紹介してもらったのがサクラダ法律事務所だったんだ。佐久間さんはそこに所属していて、ニューヨーク州の弁護士資格も持っている。ビジネス関係の渉外案件は過去にいくつも関わったことがあるというし、もうお任せしようかと思って決めた」

佳文が目をきらきらさせて元気よく話しているので、高秋は頷くことしかできない。

たしかにアメリカと日本では法律も異なるだろう。いくらパーフェクトマンの佳文でも海外となると勝手がちがうということか。画廊が出してきた書類を読みこむことができずに不利な契約をしてしまったら大変だと考えた佳文が、佐久間のような人のサポートが必要だと言うのなら、その通りだとしか思えない。

「佐久間さんには俺たちの関係を包み隠さず話した。そのうえで、できるだけ高秋の力になりたいと言ってくれたんだ。佐久間さん以上の弁護士はいないと思っている」

きっぱりと全幅の信頼を置いていると言い切った佳文に、佐久間が照れたように「ありがとうございます」なんて言いながら頭を下げている。二人のあいだに漂《ただよ》う信頼感に、高秋は戸惑《とまど》った。いつのまに二人はそんな仲になったのか。

「来週そうそうに、さっそくニューヨークまで佐久間さんと行ってくるから」

さらっと爆弾発言をされて、高秋は「えっ？」と目を剝《む》いた。

来週？　佐久間と一緒に？　二人で？

「え、えっ？　ちょっ、佳くん、この人と二人でアメリカに行くつもり？」

「佐久間さんと行かないでどうするんだよ。言っとくが、俺の現在の英語力は日常会話に毛が生《は》えたていどだ。ビジネス用語はあやしい。外国企業との契約についても今後勉強していくつもりだが、今回はあきらかに間に合わないから、佐久間さんにお願いしたんだ」

「それは、そうだろうけど……」

佳文と佐久間が二人でアメリカだなんて――。二人で飛行機に乗って、二人でニューヨークの街を歩いて、うふふとかあははとか笑い合ったりするんだろうか。

ちらりと見た佐久間の左手薬指には結婚指輪と思われるシンプルな指輪がはまっている。だが既婚者だからといって安心できるものではない。隠れゲイの可能性だってあるのだ。もし佐久間があわよくば佳文を美味しくいただこうと画策《かくさく》しているとしたら……。

「あのー」

佐久間がふわんとした笑みを高秋に向けてきた。なにを言われるのかと、高秋は思わず身構える。

「僕は結婚しています。愛する妻と小学生のかわいい娘がいますので、小池さんとどうこうする可能性はまったくありません。心配しなくとも大丈夫です。安心してください」

あわわわわ、どうして考えていることがバレたのだろうか。

佳文がキッと高秋を睨《にら》んできた。

「おい、おまえ、なに変なこと考えてんだよ。佐久間さんはちゃんとした人だぞ。クライアントと不適切な関係になんかなるわけないだろ。そもそも佐久間さんはノンケだ」

「でも、佳くんは魅力的だ。色っぽいし、いじめてフェロモンが出てるし、ずっと二人きりでいたらふらっとよろめいて、その気になってしまうかもしれない……」

「い、いじめてフェロモンってなんだ！」

佳文は白い頰をカーッと赤く染めた。きれいな変化に、叱られている真っ最中にもかかわらず高秋はうっとりしてしまう。

「出てるじゃない」

「出てない！　言っておくが、俺が魅力的だとか、色っぽいとか、くだらない妄想《もうそう》を他人様の前で二度と口にするな。この変態め！」

変態かもしれないという自覚はあるので、高秋は反論できない。

「仲良しですね」

のんびりとした佐久間の声がかかり、佳文はバツが悪そうに居住まいを正した。

「……すみません………。お見苦しいところを………」

「いえいえ、なかなかバランスのとれたいいカップルだと思いますよ」

もしかして佐久間は弁護士としてやり手なのではないか、と高秋は思った。佳文とのやりとりを目の当たりにしても顔色ひとつ変えない。穏やかな微笑みを絶やすことなく、平常心だ。

いい人で仕事もできるとなったら、ますます危険だ。佳文が惹《ひ》かれてしまうかもしれないではないか。どうしよう、どうすれば佳文と佐久間を二人きりでニューヨーク旅行へ向かわせずにすむのか――。

パッと名案が閃《ひらめ》いた。

「そうだ、俺も一緒に行けばいいんだ」

なんて素晴らしい解決策だろう。高秋も行けば三人旅になり、佳文と佐久間を二人きりにしなくてもよくなる。だがその案は即座に却下《きゃっか》された。

「だめだ。高秋はここに残って制作に励《はげ》んでほしい。それに、パスポートを持ってないだろう」

「それは……持ってないけど、申請《しんせい》すれば作れるんだよね？　何日くらいでできるものなんだ？」

どんな書類が必要で、どこへ申請すればいいのか知らないが、教えてもらえればそのくらいは明日にでもやれる。いままで旅行に興味がなかっただけで、特に飛行機が怖いとか、外国人が嫌いとか、克服しなければいけないないなにかがあるわけではないのだ。

「高秋、おまえは連れていかない。事務的なことには関わらなくていい。留守番していてくれ」

佳文がわがままな子供に言い聞かせるような口調になった。制作以外の雑事に高秋をわずらわせたくないと、いつも佳文は言ってくれる。書に集中させてやりたいという気持ちはわかるが、ひとりで留守番するのも落ち着かないと思う。

だがこの件に関しては、佐久間も佳文と同意見らしかった。

「僕も、現段階では笹尾さんは同行されなくてもいいと思いますよ。契約を詰めていって、個展の規模や会場等がはっきりしてから、現場を確認するために渡米してもらうことになるでしょう。時期が来たら一緒に行ってもらいますから、それまではいま依頼されている仕事に集中してください」

悔しいことにつつきようのない正論を吐《は》かれてしまった。さすが弁護士。ここで何日も家を空けては、いま受けている依頼が溜まっていってしまう。締め切りまでの時間がなくなって、やむを得ずやっつけで仕事をするというかたちは、高秋がもっとも嫌うものだ。高秋なりのプライドがある。

「僕は笹尾さんの書を見て、感銘《かんめい》を受けました。ぜひ個展開催に向けて、あなた方の力になりたい。そのためには小池さんと一緒にニューヨークまで出向いて、あちら側と折衝する必要があります。来週だけでなく、何度も渡米することになると思いますが、信用してください。よろしくお願いします」

座ったままだったが佐久間が丁寧に頭を下げてくる。高秋も不承不承であったが、頭を下げた。佳文が選んだ弁護士だ。佐久間の力に頼らなければ佳文が思い描く個展が開けないのならしかたがない。

「こちらこそ、よろしくお願いします」

不安は払拭《ふっしょく》されていないが、大人の態度でそう言うしかなかった。

佳文と佐久間の二人旅一回目の期間は一週間と決まった。移動にほぼ丸一日かかるから、向こうには五日間くらいしかいないことになる。しかし、一週間もあれば人間が心変わりするのに十分なのではないだろうか。

佳文は高秋から離れて我に返り、佐久間はずっと佳文のそばにいて色香に迷う。欲求不満でもやもやする体をもてあまし、二人はついおたがいに手を伸ばし——。

「うわぁぁぁ！」

ダメだ、それは絶対にダメだ！　浮気はダメ。やっちゃダメ。やったら死ぬ。だれが？　高秋がだ！

「うう、佳くん……留守番は辛《つら》いよ……でも我慢しないと……個展のためだし……」

高秋は苦悩しながら筆を走らせる。『留守番』と書いて涙ぐみ、『欲求不満』と書いて呻《うめ》いた。

これはもう、自分の安心を得るために佳文をかわいがるしかない。一週間くらいセックスしなくてもいい、というくらいに搾《しぼ》り取《と》っておけば、旅先でよこしまな気分にはならないのではないだろうか。

高秋はアトリエを出て、「佳くーん」と家の中を探した。返事が聞こえたのは佳文の部屋の方からだ。行ってみると、見慣れない大きなスーツケースを床に広げて、衣類を詰めこんでいるところだった。

「このスーツケース、どうしたんだ？」

「買ったんだよ。レンタルで済まそうかとも思ったけど、どうせ何度も使うなら買った方が得かなと思って」

佳文はご機嫌で荷物をつくっている。世界進出の第一歩なわけだから、ヤル気が満ち満ちていた。高秋は焦燥感《しょうそうかん》を押し隠して、そっと佳文の横に座った。

「な、なにか手伝おうか」

「いいよ、自分でできる」

あっさり断られて高秋はしゅんと肩を落とした。荷作りのなにを手伝うつもりだったのかと聞かれても答えられないが。

スーツケースのそばにパスポートが置いてあることに気づいた。中をそっと見てみれば、生真面目《きまじめ》な顔で正面を向いている佳文の写真。きりりとした目元が惚れぼれするほど格好いいではないか。佐久間とどうこうならないとしても、向こうで金髪美女に誘惑されそうだ。

「佳くん、俺のこと、忘れないでね……」

つい弱々しく訴《うった》えてしまう。佳文が手を休めることなくため息をついた。

「またくだらないこと考えてるだろ。あのな、どうやって高秋を忘れるって言うんだよ。そっちの方が難しいだろ」

「でも、佐久間さんとか、金髪美女とか……」

「金髪美女は?」

「だから佐久間さんは絶対にない。死んでもない」

「おまえなぁ、美人に誘われたら俺が靡《なび》くとでも思ってんのか? 日本にこんな面倒くさい妻を置いてきているってのに」

面倒くさいと言われたことよりも、「妻」と表現されたことに高秋は驚き、感動した。

「妻……。俺、佳くんの妻?」

「べつに夫でもいいが」

どっちがどっちという点については、佳文的にはあまり重きを置いていないようだ。夜の営みのポジションからすれば高秋が夫かもしれないが、我が家の精神的な支柱は佳文だ。高秋は自分が妻でもまったく構わない。

「佳くんの妻、佳くんの妻、俺は佳くんの妻……」

じーんと胸を震わせている高秋の前で、佳文はてきぱきと服をたたみ、スーツケースに詰めている。

「佳くん、お土産《みやげ》買ってきてね」

「んー……なにがほしいんだ？」

「なんでもいいよ」

ニューヨーク土産など、なにがあるかなんて知らない。

「アイラブNYっていうキーホルダーでもいい」

「なんだそれ。どこで売ってんだよ」

佳文がくくくっとかわいらしい笑い声を漏らす。おもむろに手を伸ばしてくると、高秋の手を握り、軽く揺すってきた。

「浮気の心配なんか必要ない。高秋はおとなしく待ってろ」

「うん……」

「佐久間さんも言っていたように、そのうち高秋も行かないといけないだろうから、俺が戻ってきたらぼちぼちパスポート申請を考えよう」

「うん、やり方を教えて」

「たいして難しくない。まず証明写真を撮らなくちゃな」

「あー……プリクラみたいな機械で撮るやつ？　やったことないよ。できるかな」

「写真屋で撮ってもらえばいい」

「佳くんも一緒に行ってくれる？」

「写真くらい一人で撮りに行け」

「佳くんがそばにいてくれたら、すごくカッコよく撮れるかもしれないよ」

「パスポートの写真なんてカッコよくなくてもいいって」

またくくっと笑った佳文がたまらなく愛しくなって抱き寄せた。「おい、邪魔するな」と抗議してきたが、かまわずにキスをする。

優しく何度か唇を吸っているうちに、佳文の吐息《といき》が甘くなった。目元がピンク色に染まり、黒い瞳が潤《うる》みだす。高秋が望むとおりに反応してくれてうれしい。佳文が退職してからというもの、毎日のようにいちゃついてきたから簡単にスイッチが入るようになっているのかもしれない。

「支度がまだ終わってないのに……」

「ちょっとだけだから、ね？」

「おまえがそう言って、ちょっとで終わったことあったか？」

「ホントにちょっとだけ」

佳文は拗ねたように唇を尖《す》らせながらも、メガネを外してチェストの上に置いた。お許しの合図だ。高秋は嬉々として佳文を押し倒す。ゆったりと体を広げて見上げてくる佳文は最高に色っぽい。

「佳くん……っ」

縋《すが》りつくようにして、高秋は佳文から服を奪い去った。そして精一杯の愛情を、時間をかけて佳文に注ぎこんだのだった。

一週間分の高秋《たかあき》のスケジュールを作成して、佳文《よしふみ》は機上の人となった。

高秋は秋色に染まりつつある庭をぼんやりと眺《なが》め、ため息をつく。一週間後に帰ってくるとわかっていても、佳文のいない家はがらんとしていて、ものすごく寂しい。

「いまごろどこかな……」

どこを飛んでいるのかわからないが、雲の上にいるだろう。成田まで見送りに行きたかったが佳文に拒《こば》まれて、最寄《もよ》りの駅でお別れした。佳文に言わせると成田まで高秋が行くのは時間の無駄だそうだ。それに最後の別れのように泣かれては恥ずかしいとも言われた。

たしかに、空港なんかで見送ったら、高秋は泣きだしていたかもしれない。残される悲しみで涙するだけでなく、佳文の隣にいる佐久間《さくま》に嫉妬《しっと》せずにはいられなかっただろう。佐久間とは空港で集合だったので、最寄り駅で別れたときにはいなかった。おかげで高秋は醜態《しゅうたい》を晒《さら》すことなく見送れたのだが、もしかしてそれも佳文の計算だったのだろうか。佳文はやはりパーフェクトだ。高秋という男を熟知《じゅくち》している。

この数日、高秋が過剰《かじょう》なほどセックスしたがった理由も、あの出来た伴侶《はんりょ》はたぶんわかっていた。佳文が留守をする不安の解消目的と、離れているあいだの浮気防止とで、高秋はかなり頻繁《ひんぱん》に体を求めたのだ。佳文は荒淫による倦怠感《けんたいかん》を訴《うった》えながらも、一度も拒《こば》まなかった。たっぷりと佳文を堪能《たんのう》することができて、高秋がどれほど心を慰《なぐさ》められたか――。

「佳くん……」

ますます愛がとまらない。佳文は唯一無二《ゆいいつむに》の人生のパートナーだ。いや、大切な夫だ。

「よし、書くぞ」

スケジュールには高秋がこなさなければならない仕事が箇条書きになっている。食事のことまで言及《げんきゅう》されていた。朝食は面倒なら抜いても構わないが、昼食はかならず川口《かわぐち》の店に食べに行くこと、夕食は佳文が作って冷凍しておいてあるものを温めて食べること。

「わかったよ、佳くん」

文面から佳文の愛情が感じられて、胸がじんとする。佳文が一週間もいないのは寂しいが、高秋の個展のためにニューヨークまで行ったのだ。ここで高秋がしっかり留守番しなくてどうする。夫の出張中、家を守るのは妻の役目だ。

高秋は墨《すみ》をするために机に向かった。


だが決意だけで仕事が捗《はかど》ればだれも苦労はしないだろう。

「あぁぁぁぁ、こうじゃない……」

筆を置き、高秋は失敗作を両手でぐしゃっと丸めた。厚めの和紙なのでうまく丸められないことが、余計な苛立《いらだ》ちとなって高秋を苛《さいな》む。

自分の周りには丸めた紙が点々と転がっていた。それを眺めて、ひとつため息をつく。

うまく書けない。ヤル気はあるのに、筆が乗らない。佳文がいなくてもきちんと仕事をしようと思うあまり、変な緊張感から肩に力が入って空回りしているような気がする。

「休憩《きゅうけい》しよう……」

アトリエを出て廊下を進み、縁側から庭を見た。いつもの庭だ。松の枝ぶりは祖父が生きていたころとほとんど変わらない。馴染みの庭師が半年に一度ほど手入れに来てくれる。その向こうには秋の空が広がっていた。抜けるように青い空だ。ニューヨークに繋《つな》がっているかもしれないが、遠すぎて気持ちは届かない。

「ひとりって、こんなに寂しかったんだな……」

高秋は噛みしめるように呟いた。祖父が亡くなってから佳文が同居するまで、数年間は一人暮らしだった。だがその後の同棲《どうせい》生活があまりにも幸せで、一人でいたころのことなど忘れていた。

一人でいたあのころ、高秋は佳文に片想いしていた。それはそれは熱烈な片想いだった。こんなふうに面影《おもかげ》を恋しく追いながら暮らしていたはずだ。あのころとちがうのは、佳文が数日もすれば帰って来てくれること。

なのに待てないなんて、情けない。

「……川口のところにでも行くか……」

またため息をついてから、高秋はとぼとぼと家を出た。

店に入ると、「いらっしゃい」と川口がいつものように声をかけてくる。ランチタイムが過ぎている店内は静かだ。ちいさな音でボサノバが流れている。高秋はだれもいないカウンターに腰をかけた。

「ランチがまだあるぞ。豚の生姜《しょうが》焼きだ。食べるか？」

「うん……」

コップとおしぼりが置かれて、すぐに豚の生姜焼き定食が運ばれてきた。生姜がきいたタレと豚肉がよく絡み、美味《おい》しかった。

「辛気臭《しんきくさ》い顔だなぁ、もう」

「ハッピーになんてなれないよ。佳くんがいないのに」

「せっかくのランチが不味《まず》そうに見えるんだよ」

「……ごめん……美味しいんだけどね」

この店の厨房《ちゅうぼう》は川口の奥方がひとりで回している。いつも気を遣《つか》ってくれて感謝しているが、いまの高秋はどうしても笑顔で食事をすることはできなかった。

「きちんと仕事はしているのか？」

「…………」

答えられなくて、高秋は視線を逸《そ》らした。

「おい、おまえの取り柄《え》は書だけだろ。サボってると、小池君《こいけくん》が帰って来たとき失望させちまうぞ」

「そんな不吉なこと言うなよ。これでもなんとか頑張って書こうとしているんだ」

口からこぼれるのは愚痴《ぐち》とため息だけだ。

「やっぱり俺は佳くんがいないとダメなんだ……」

佳文が側にいないと、なにも浮かばない。あと何日で帰ってくるかと、カレンダーの日付を数えてばかりになってしまう。自分の中が空《から》っぽになってしまったかのように、荒涼としているのだ。でも依頼をこなさないと佳文が困るのはわかっている。困らせたくない、失望させたくない。焦《あせ》れば焦るほど、満足のいく書はできなかった。

川口はそれ以上はなにも言わず、おやつにしろと栗《くり》のパウンドケーキを持たせてくれた。高秋はとぼとぼと家に帰った。だれもいない家だ。自然と足取りが鈍《にぶ》くなる。それでもたいした距離ではないのですぐにたどり着いた。

「あれ？」

門の前に若い男が立っている。カジュアルなジャケットとデニムという格好は、どこかの出版社の編集者のように見えた。百貨店のペーパーバッグをさげている。

取材の約束でもしていたのかな、でもスケジュールにはそんなことは書かれていなかった――と怪訝《けげん》に思いながら近づいていき、それが佳文の会社の元後輩である安達《あだち》だと気づいた。一重《ひとえ》の目と割れた顎はまちがいない。

「あ、おかえりなさい」

高秋に向き直って、安達がむっつりしながらも軽く会釈《えしゃく》してくる。

「笹尾《ささお》さん一人ってことは、今日、先輩は留守なんですか？」

「なんの用だ」

「用っていうか、ひさしぶりに先輩の顔を見たくなって……。いつでも訪ねてきてくれていいって、言われていたから」

なんてことだ。佳文は本当にこの後輩をかわいがっていたんだなと、不愉快な事実をつきつけられてしまう。

「今日どころか、あと五日は帰ってこないぞ」

「ええっ？　またケンカしたんですか？」

「ちがう」

「じゃあ、なんでですか？」

真剣な顔で詰め寄ってくる安達をここで追い返すわけにもいかず、しかたがないので家に上げることにした。佳文が会社を辞めて三ヵ月たつが、安達が訪ねてきたのははじめてだ。事前に連絡くらいすれば佳文が不在だと教えてやったものを——。

「おじゃましまーす」

安達は無遠慮《ぶえんりょ》にきょろきょろと家の中を眺めながら入ってきた。佐久間も家の中をこんなふうに見ていたが、なんの変哲《へんてつ》もない古い日本家屋だ。昭和の雰囲気が色濃く残っているから珍しいのかもしれない。

「これ、どうぞ。先輩がいなくて笹尾さんにだけ食べてもらうことになったのは複雑ですが」

安達は一言多い。でも手土産《てみやげ》を持参してきたのは褒《ほ》めてやろうと、高秋は黙って百貨店のペーパーバッグを受け取った。上品そうな和菓子が入っていたから、緑茶を淹《い》れよう。

「座敷で待っていてくれ。お茶を淹れる」

「あ、俺も台所に行きたいです。二人の生活ぶりを見せてくださいよ」

どうして台所なんて見たいんだと面倒くさく思ったが、安達はついてくる。

「おお、懐かしい感じの昭和の台所ですね。へぇ、笹尾さんもお茶を淹れるんだ」

「どういう意味だ、それは」

「なにもかも先輩にやらせていると思っていたんで……」

「二人で暮らしはじめる前は、俺はここに一人でいた。最低限の家事はできるぞ」

「そうなんですか」

安達は勝手にダイニングテーブルについた。その流れで、座敷ではなくダイニングで話がはじまってしまった。

「それで、先輩はどこへ？」

「ニューヨークだ」

「ニューヨーク？　どういうことですか？」

「俺の個展を向こうで開催するかもしれないから、その話し合いで行っている」

「ええっ、ニューヨークで個展？　マジで？　笹尾さんって、そんなに有名な書道家だったんですか？」

「いや、たいしたことはない。このあいだのテレビのせいだ」

「俺も見ましたよ。演出と編集の怖さを見た思いでした。別人みたいにカッコよかったですもん。あれは詐欺《さぎ》です」

詐欺とまで言われたのははじめてだったが、あながちまちがいではないと頷いてしまう。

安達の手土産は優しい甘さの栗きんとんだった。パウンドケーキといい栗づくしだなと、黒《くろ》文字《もじ》を添えてテーブルに出す。

「しかし……さすが先輩ですね。ニューヨークで商談かぁ。格好いいな。きっとぴしっとスーツできめて、ペラペラ英語で話をまとめているんだろうな……」

「ペラペラ？　日常会話に毛が生《は》えたていどだって聞いているが」

「先輩はペラペラでしたよ。うちの会社では、英語しか話せない客はぜんぶ先輩に回せって感じになってました。大学時代にイギリスからの留学生と友達になって、意識的に覚えたって言ってましたし、社会人になってからも、ビジネス英会話のスクールにすこし通ったらしいです。将来、役に立つかもしれないからって」

そんなことぜんぜん知らなかった。では、「日常会話に毛が生えたていど」というのは謙遜《けんそん》だったのか、それとも佐久間を同伴することを高秋に納得させるためだったのか。

なんにしろ、パーフェクトマンの佳文は、高秋が知らないところで努力を積み重ねていたのだ。それを悟らせないところはさすがだが。

大学時代から社会人になりたてのころといえば、まだ高秋と恋人関係になってはいなかった。高秋を世界に売り出す野望は生まれていなかったと思うが、実際にいま役に立っている。佳文の先見の明は神がかっているとしか言えない。

さすがだ――とひそかに感動していると、安達が痛いところを突いてきた。

「それで、笹尾さんはひとりで残っているわけですか。仕事はきちんと進んでいます？　監督者が不在だからって、のんびりぶらぶらしているわけじゃないでしょうね」

高秋はそれとなく視線を逸らす。さっきぼんやりしながら歩いているのを見られたわけだから、そういう疑いを抱《いだ》かれてもしかたがない。本当のところ、ヤル気はあまり起こっていない。川口にもハッパをかけられたが、気分は沈《しず》んだままだ。

安達はため息をついて、お茶をすすった。

「先輩は笹尾さんの才能に惚《ほ》れて会社を辞めたわけですから、しっかりしてくださいよ。後悔させるようなことは、絶対に許しませんからね」

尊敬を通り越して佳文を崇拝しているようなセリフを吐き、安達は帰っていった。今度は佳文が在宅のときに来ると予告して。

門まで見送ってから、高秋は肩を落として家に入った。川口と安達と、知人に続けておなじようなことを言われてしまった。佳文がいないからといって腑抜《ふぬ》けていてはいけない、しっかりと仕事をしなければとわかっているのだが、なかなか思うように進まないのだ。

どうしよう。このままなにもできないでいれば、帰国した佳文をがっかりさせてしまう。昼間、佳文がいないのは会社勤めのときとおなじなのに、夜になっても帰ってこないと思うとなにも手につかなくなるなんて、ダメすぎる。

高秋はのろのろと湯のみと急須を洗い、しばらくダイニングテーブルを見つめた。佳文がいないダメージがじわじわと精神を蝕《むしば》んでいるような気がして、不意に怖くなった。佳文の声が聞きたい。電話をしてもいいだろうか。

自分の携帯電話はアトリエに置きっぱなしになっている。ほとんど家にいるのであまり使っていないが、電話帳代わりになるのでとりあえず持っているのだ。アトリエまで取りに行き、それを使おうかどうか高秋は悩んだ。

ニューヨークとの時差はどのくらいだっただろうか。ぐるぐるしているうちに日が暮れて、時計を見てみると夕食の時間もすぎている。こっちが夜だということは、むこうは朝？　いま電話をしても、佳文は出られるのかどうか、わからない。でも声を聞きたい。そして叱咤激励《しったげきれい》してほしい。愛していると言ってほしい。予定通りに帰るから、待っていろと宥《なだ》めてほしい。躊躇《ためら》っていると、不意に手の中の携帯電話が鳴りだした。軽い電子音がピリピリと響く。驚いたことに、電話をかけてきたのは佳文だった。慌てて通話ボタンを押す。

「も、もしもし？　佳くん？」

『高秋か』

機械を介してだが佳文の声が聞けて、高秋は思わず目を閉じた。うれしい。

『元気にしているか？　なにか困ったことはないか？』

「あ、えっと、大丈夫。いまのところ、とくになにも……」

ただ寂しいだけだ。そして仕事が捗《はかど》っていない。でもそんな情けないことは言えなかった。

見守ってくれる人がいなければなにもできないなんて、子供じゃあるまいし。いい年をした男が弱音を吐くだけでも痛いのに——。

「そっちは、どう？」

こちらの生活に関して突っこまれても困るので、高秋は話を振った。

『佐久間さんが活躍《かつやく》してくれているよ。話し合いは、まあまあってところかな。まだ一回目だし、これからおたがいの妥協点《だきょうてん》を探っていくって感じだ』

「へぇ……」

自分の個展のことなのに、話し合いの中身が想像できない。つくづく高秋はそういった交渉や事務的な段取りについての能力がないと思い知らされる。

「いま、そっちは何時？　なにしているんだ？」

『日本は夜だろ。こっちは朝。十三時間くらい時差があるのか？　これから佐久間さんと画廊に行く』

どんなところで休憩しているのか、具体的に想像できない。佳文のことだから、きっと朝から隙のないスーツできめて堂々としているのだろう。

『なんかさ……』

佳文がしんみりとした口調になった。

『会社を辞めてから、ずっと高秋と一緒にいただろ。こんなふうに何日も離れていたことがなかったから、ひとりで渡米するってことの意味がわかっていなかったみたいだ』

「佳くん？」

『おまえが近くにいないと、調子が出ない』

「え……」

『手持ち無沙汰《ぶさた》っていうのかな。いつも高秋の世話を焼いているからか、なんか、物足りなくて、つい佐久間さんに構っちゃったりして、苦笑いされてる。我ながら、そうとうキてるね』

それは、どういう意味だろうか。詳《くわ》しく説明してくれないと、高秋は自分に都合のいいように解釈《かいしゃく》してしまう。寂しいのは高秋だけじゃなく、佳文もおなじように思ってくれているのではないかと——。

「よ、佳くん、あの……俺、さっき困ったことはないって言っちゃったけど、本当はすごく困ってる」

『なにかあったのか？』

「なにもないよ。ただ、佳くんがいないだけ。そのせいで、なにも書けない……」

言ってしまった。でも言ってしまってもいいような気がしたのだ。

「俺にはやっぱり佳くんが必要だって、思い知った。何事もなければ予定通りに帰ってくるってわかっているのに、落ち着かなくて、紙に向かっていてもなにも思い浮かばない。佳くんに会いたい、顔が見たい、声が聞きたいって、そればっかりで」

『…………書けないのか？』

「いや、あの、頑張って書くよ。スケジュール通りに、なんとか書くけど、その、出来は悪いかもしれない…………自信ないよ……」

こんなの、プロとして失格だ。佳文に呆《あき》れられるかも。

だが高秋は佳文に嘘はつけないし、ここで取り繕っても、帰って来たときに書を見られたらすべて悟られてしまうだろう。

『高秋……』

叱《しか》られるのを覚悟して俯《うつむ》いた。書けない、自信がないなんて言われたら、なんのために個展の打ち合わせをしているのかと怒られてもしかたがない。

『そうか、書けないか……。だったら、仕事は無理にしなくてもいいよ』

「えっ？」

意外すぎる佳文の言葉に驚いて、高秋はあやうく携帯電話を落としてしまいそうになった。

『このあいだの「窓」だけど、あれ、すごくよかった。俺が窓から外を眺めている光景を想像しながら書いたって言ってなかったっけ？』

「そうだよ」

『俺のことを考えながらなら、なにか書けるか？』

「……どれの依頼のやつ？」

『仕事じゃなくて——そうだな、ある意味、依頼だと思ってくれていい。俺がリクエストしよう。俺のことだけを想いながら、俺のために、なにか書いてくれ』

「佳くん……」

はじめてだ。佳文からの依頼なんて。

急に目の前が開けたような気がした。何千キロも離れた場所にいるはずの佳文が、すぐそこにいるように感じる。

無機質なオフィスの窓から、ニューヨークの朝の風景を見ている佳文。耳に携帯電話をあてて、優しく微笑みながら高秋に語りかけている光景が目に浮かんだ。

書ける。イメージがつぎつぎと湧いてくるようだ。

慈《いつく》しみ、優しさ、安らぎ、そして——愛……。

「……紙の、サイズは？」

『自由でいい。ちいさいものが相応《ふさわ》しいと思うなら、そうしてくれていいし、おおきいものに書きたければ、そうしてくれればいい』

「佳くんを想って……自由に……？」

『そうだ、俺を想って、なにか書けそうなら、なんでもいいから書いてくれ。俺はおまえの書が好きだ。俺のために書いてくれるのなら、とてもうれしい』

佳文が高秋の書を好き——何度も言われているからわかっていたことだが、あらためてはっきりと言葉にしてもらえると胸があたたかく、くすぐったくなる。

「佳くん、書いたら、見てくれる?」

『もちろん、見せてもらうよ。楽しみにしている』

佳文の声が弾《はず》んでいるように聞こえた。心から楽しみにしていてくれるのが伝わってきて、高秋は佳文に惚れ直した。高秋という男を佳文ほど理解してくれている人間はほかにいない。

佳文がいてくれてよかった。佳文が恋人でいてくれて——いや、伴侶になってくれて、本当によかった。

『なあ、高秋、つぎにニューヨークに来るときは、おまえも来るか?』

「いいの?」

『こんなふうに、寂しいだの会いたいだのと電話でぐちぐち話しているくらいなら、一週間くらい仕事の都合をつけて一緒に来た方がはやいだろ』

「行く! 行くよ! 絶対に行く!」

どうしても海外へ行きたいわけではないが、佳文についていきたい。もう留守番はいやだ。たとえ留守をした前後の仕事のスケジュールがタイトになろうとも、佳文と離れ離れになるよりはずっとマシだろう。

「約束だ、今度は俺も連れていってくれよ」

『わかった。そうしよう』

「すぐにパスポートを作るからね」

『写真屋に証明写真を撮《と》りに行ってこい』

「ついて来てくれるんじゃないの？」

『そんな約束はした覚えがない』

高秋は思う。佳文はかなり効果的なツンデレの技を使う、萌《も》えのプロだと。

「やっぱり夫婦はいつも一緒でないといけないよね」

『それ、人前では言うなよ。恥ずかしいから』

照れ臭《くさ》そうに唇を尖らせている佳文の表情が容易に想像できた。大好きな、大好きな人。愛に限界はないのだと、高秋は佳文を抱きしめるたびに思う。

佳文も高秋がいなくて寂しいと感じてくれている。おなじだ。二人の気持ちは。

「佳くん、会いたい」

『そうだな』

「佳くん、早く帰ってきて」

『バカ、まだ何日かあるから、おとなしく待ってろ』

甘い響きの『バカ』に、高秋はうっとりと聞き惚れたのだった。

佳文と佐久間が乗った飛行機が、無事に成田空港に到着したと連絡があったのは、正午をすこし過ぎたころだった。迎えに来なくていいと言われていた高秋は、自宅でうろうろとしながら佳文の帰宅を待った。

「佳くん、はやく帰ってこないかな……」

いまごろどこを移動しているだろうかと、時計を何度も見ながら、高秋は待った。やがて玄関で人の気配がしたかと思ったら「ただいま」と聞きなれた声が聞こえる。

「佳くん！」

座敷を飛び出して、高秋は玄関へと駆けだした。約一週間ぶりに会う愛する人が、出かけたときと寸分たがわぬ凛々《りり》しさでそこに立っている。続いて玄関に入ってきた佐久間は、このさい見なかったことにしておいて、高秋は佳文に飛びついた。迷子犬がやっと見つけた飼い主に必死で縋《すが》りつく様相を呈《てい》していたとしても、これは離れていた恋人たちの感動の再会である。

「佳くん、おかえり！　おかえり！」

ぎゅうぎゅうと抱きしめる高秋の腕から逃《のが》れようとしながら、佳文は「ただいま」ともう一度言ってくれた。

「お疲れさま、元気だった？　ああ、すこし痩《や》せたかな。顔色も悪いように見えるよ。ちゃんとご飯を食べてた？」

「……高秋、とりあえず、離してくれ」

苦しい、と冷静に苦情を言われて、高秋はしぶしぶ離した。するっと物理的な距離を置く佳文だが、ほんのりと耳が赤くなっている。高秋の熱烈歓迎ぶりを嫌悪しているわけではなく、佐久間が見ているので恥ずかしかったのかもしれない。

「すみません、佐久間さん、どうぞ上がってください」

「失礼します」

佳文が促《うなが》すと、佐久間がにっこり笑顔を見せながら靴を脱ぐ。

「画廊《がろう》と話し合ったことを佐久間さんの口からも高秋に説明してもらおうかと思って、ここまで来てもらったんだ。お茶を頼めるか?」

「あ、うん、それはいいけど、あの……佳くん……」

「なんだ?」

「書を見てもらいたいんだ」

なによりもまず、高秋は佳文が不在のあいだに書いたものを見てもらいたくてたまらなかった。佳文のことだけを想いながら書いた。捗らない仕事はいったん横に置いて、佳文に電話で依頼された『佳文のことを想って自由に』という書に集中したのだ。われながら会心の出来だと思うものがアトリエに置いてある。

「書けたのか?」

「書けた。佳くんのことだけを考えながら、書いた」

「そうか」

佳文がぱっと笑みを浮かべた。書けないと弱音を吐いたせいで、佳文がすくなからず心配していてくれたことが窺《うかが》える。だったらなおのこと、いますぐにでも見せたい。

「ね、だから見て」

高秋が佳文の手を引くと、佐久間もついてきた。

「笹尾さん、僕も見せてもらっていいですか？」

ここで佐久間だけのけ者にするわけにはいかない。見せたいのは佳文だけだと正直に言わない社交性くらいは、高秋にだってある。複雑な心境ながらも頷くと、佐久間はよろこんだ。

三人でアトリエに行く。下敷きに使っているおおきな毛氈《もうせん》の上に、その書は広げたままにしてあった。それを見て、佳文が「わぁ」と声を上げる。

『愛は深い　愛は永遠』

畳二畳《たたみにじょう》ていどの紙に、そう書いた。

佳文のことだけを想っていたら、そんな言葉がどこからか降りてきた。そして衝動のままに筆を走らせたのだ。わかってもらえるだろうか。体の奥底からこんこんと泉のように湧き出てくる愛を。佳文へと向かい続ける気持ちを。

「すごい………」

佳文は目を輝かせて、しばし書に見入っていた。佐久間も「ほぉ」と感心したような声を出して、じっと見つめている。

無言で書を凝視《ぎょうし》している佳文の様子から、好評のようだとわかったが、やはり高秋は言葉できちんと褒めてもらいたい。

「佳くん、どう?」

「これでいこう」

「は?」

なんのことだ。高秋が首を捻《ひね》る前で、佳文が佐久間に向き直った。

「佐久間さん、個展のテーマはこれです。やっぱり高秋にはこっちのほうが似合いますよ」

「そうだな。僕もそう思う」

二人だけで話をされてはおもしろくない。いったいなんのことなのか高秋にもわかるように説明してほしい。

「じつは画廊から提案されていた個展のテーマが、俺が抱いている高秋のイメージと一致しなくて、どうしてものかと悩んでいたんだ」

「俺のイメージ?」

「画廊のオーナーはネットで高秋の動画を見た。あれはテレビ局のディレクターのイメージと番組のコンセプトというフィルターが一回かかってしまっていて、とにかく格好いい書道家の制作風景が演出されていた。だからオーナーは高秋がそういう人物だと思いこんでいたんだ。

画廊が提示してきた企画書には、『サムライが書く侘《わ》び寂《さ》び』とか『日本の静寂を書く』だとか『武士道』の文句が躍っていて、俺には違和感しかなかった」

いきなり佳文が語りだした。内容は高秋の個展についてのことなので、これは聞いておかなければならないのだろう。書の感想を聞きたいのだが、語りを遮《さえぎ》ったらいけないことくらい、五年以上におよぶ同棲生活でわかっている。

「あのテレビ番組は確かによくできていたが、あれは本来の高秋じゃない。高秋の真の姿は、これだ」

佳文の手が、『愛は深い　愛は永遠』と書かれた紙を指す。

「高秋は日本の静寂も侘びも寂びも書いていない。武士道を貫くサムライでもない。注文に応じてなんでも書くことができるが、この体に流れている血は『愛』で埋め尽くされていて、『愛』に生きている。そうだろう?」

「あ、うん、そうかも」

言葉にすると「愛で生きている」という一言で片づけられるが、高秋の愛は宇宙規模で無限だ。こんなふうに身の内からこんこんと愛が湧き出てくることを、高秋自身、佳文と出会ってから知ったのだが。

「個展のテーマは『愛』だ。これしかない。高秋は『愛の書道家』だ。いいじゃないか。こんなにもストイックっぽい外見でいながら、愛を喰《く》って生きているなんて、ギャップがありすぎておもしろい。佐久間さん、そう思いませんか」

佳文が弾《はず》んだ口調で問うと、佐久間は笑った。

「いいと思いますよ。たしかに笹尾さんの書からは愛が溢《あふ》れている。画廊のオーナーにそう伝えて、その線で企画を詰めようと言ってみましょうか。この書を写真に撮って、メールに添付しましょう」

佐久間が言うと佳文がすかさずデジタルカメラを取り出し、書を撮影《さつえい》しはじめた。高秋はなにがなにやら、という感じで眺めているだけだ。

「高秋、この調子でどんどん書いてくれ」

佳文は写真の出来をモニターで確認し、満足げに頷いている。これでいけると、確信があるようだ。

「佳くんは、これを気に入ってくれた？」

「もちろん、気に入った。最高にいい書だと思う。まぁ、その……俺のことを考えながら書いたっていうのは、できればここだけの話にしてもらいたいが」

「どうして？」

「どうしてって……」

佳文はそばに立っている佐久間をちらりと見遣《みや》り、目元をピンク色に染めた。佐久間にカミングアウトしたのは佳文なのに、やっぱり恥ずかしいらしい。高秋はぜんぜん恥ずかしくなんかない。むしろ誇《ほこ》らしいくらいだ。

「小池さん、ここで恥ずかしがっていたら、オーナーにどうプレゼンテーションするつもりですか？」

弁護士だからか佐久間は人の顔色を読むのがうまいのかもしれない。よく言ってくれた。

「世間にひろくカミングアウトしたくないのならそれでいい。でも企画会議でははっきりと伝えなければなりませんよ」

「ああ、はい、それは……しかたがないですね」

「ゲイの書道家として売り出す必要はないでしょう。個展のテーマが変わってしまう。笹尾さんの愛の書が小池さん個人への愛の告白だなんて、言わなければわからないですから、恋人や家族に向けてのものだとボカせばいい。でもあなたは笹尾さんの恋人であると同時にビジネスパートナーだ。あなたがいなければ個展は成り立たない。堂々としていてください」

「そ、そうですよね。わざわざ言わなければいいんだし、俺はビジネスパートナーなんだから堂々と……。わかりました」

佳文が深呼吸して背筋をぴんと伸ばす。気を取り直してくれたのはやれやれだが、ひとつ言っておきたいことが。

「佳くん、これから個展に向けてどんどん書いていくのはかまわないけど、お願いがある」

「なんだ？　あたらしい筆がほしいのか？　それとも紙を特注するか？」

「道具のことじゃない。佳くんに、いままで以上にそばにいてほしいんだ。俺は佳くんの体温がないと書けない。意味、わかる？」

「は？　体温？」

佳文はぽかんと口を開けたが、じわじわと首から耳から赤くなっていった。ゆでダコみたいに真っ赤になってから、「な、な、な……」と動揺もあらわに佐久間を振り返る。佐久間は仏像みたいに穏やかな表情の仮面をかぶって無言でいた。この件に関してはタッチしません、と宣言しているような感じだ。

「おま、おまえ、人前でなに言ってんだっ。体温って、つまり、そういうことだろ。いまここで持ち出さなくてもいいじゃないか！」

「でもあとになってから佳くんに、そばにいられないって言われると困るから。つぎの渡米には俺も連れていってくれるって言ったの、覚えてる？」

「あ、うん……」

佳文が曖昧《あいまい》に頷いたので、高秋は慌てた。そのときの雰囲気でしてしまった口約束を、佳文が後悔しているように見えたのだ。

「約束だからね。俺はもう何日も佳くんと離れているのはいやだから、絶対についていく。佳くんがそばにいてくれさえすれば、俺はどこでだって書ける。どうしても仕事が詰まっているんなら、ニューヨークのホテルで書いてもいい。佳くんの邪魔はしないから」

「……でも、おまえと一緒にいると、もろにゲイカップルだからなぁ……」

「ゲイに見られるのがいやなの？」

「いや、そういうわけじゃない。おまえとこうなってからもう五年以上がたっているわけだから、俺だっていい加減、腹を括っている。いまさら、もとはノンケだとか正確にはバイだとか、往生際が悪いことを言うつもりはない。ホテルでそう見られるのはもう仕方がないだろう。問題は公共の場所でのことだ。高秋は俺と一緒にいるとき、気を抜くと手を繋いできたり、ものすごくデレデレしたりしてくるから、一発でバレそうだなと思って……」

「いいじゃない。バレたほうが、佳くんに言い寄ってくる女がいなくなる。あ、でもゲイの男が寄ってくるかもしれないな…。まあでも、それは俺が頑張って撃退すれば……」

「だれが言い寄ってこようとも、長年連れ添っている相手がいるわけだから、俺はきちんと拒む。そんなことは心配しなくていい。ただ俺は恥ずかしいだけだ！」

「そんなに恥ずかしがらなくても――」

「恥ずかしいわ！　俺はそもそも男女だろうと男男のカップルだろうと、人前でいちゃいちゃするなんてもってのほかだと思っている。いちゃいちゃべたべたしていいのは、幼児と母親だけだ！」

そのいちゃいちゃはぜんぜん意味がちがう……。

佳文は顔を赤くしたまま拳をふりあげて声を荒らげた。

「俺は家の中ではじゅうぶん、おまえに対して許しているだろう。外でまでしなくていい！」

「わかった、わかったよ佳くん、それについては俺も気をつける。外では手を繋がない。でれでれしない。だから次回のニューヨークには連れていって。約束だ」

「…………しかたがない」

佳文はムッと唇を尖らせながら、頷いてくれた。

「家の中ならOKってことだから、佳くんにはこれから裸エプロンで過ごしてもらおうかな」

えへ、とかわいい感じで希望を述べてみたが、佳文の目がつり上がった。顔色はかつてないほどにまで血の色に染まっている。どこかの血管が一、二本切れたのではないかと心配するほどだ。

「おま、おまえ、なに言ってんだ！　は、は、は、裸、エプロ…ン？　はぁ？」

「してくれたら、俺はものすごく書けると思うよ。佳くんは俺のミューズなわけだから、ばしばし刺激されてインスピレーションが、こう神がかって――」

「恥ずかしいことばっかり考えてんじゃない！」

佳文の怒鳴り声がアトリエに響いた。そのうしろで、なにかを悟ったかのような仏像顔の佐久間が、小声で「失礼します」と頭を下げて出ていった。さすが空気を読む弁護士だ。高秋と佳文がとりこんできたと察して、帰ってくれたようだ。高秋は佐久間に嫉妬するのをやめると決めた。

二人きりになれた。一週間ぶりの佳文を、高秋はあらためて抱きしめる。ふうふうと息を荒くして興奮している佳文の背中を、宥めるように撫《な》でた。

「佳くん、あらためて言ってもいいかな？」

「なんだ、下ネタは受け付けないぞ」

「おかえり。無事に帰ってきてくれて、すごくうれしい」

ハッとしたように佳文が顔を上げて、メガネの奥の目を潤《うる》ませる。佳文も寂しい思いをしたのだと、その目でわかった。ちゅっと優しいキスをする。一週間前と変わらない、佳文の唇のぬくもり。もっと確かめたくて、高秋はもう一度キスをして、舌を伸ばした。すると佳文も舌を差し出してくれる。

「んっ、んっ……」

佳文の舌と絡ませあい、空白を埋めるようにして濃厚なキスをする。佳文も縋るようにして抱きついてきた。しばらく夢中になって互いの舌を味わっていたが、不意に佳文が高秋を突き飛ばすようにして離れた。

「佐久間さんが……っ」

焦《あせ》った様子できょろきょろしている。佐久間の存在をしばし忘れていたらしい。

「とっくに帰ったよ」

「ええっ？　きちんと挨拶《あいさつ》してない」

「あとで電話でもしておいたらいいよ。気を遣ってくれたみたいだから、俺たちは一週間ぶりの再会をよろこぼう。ね？」

ほら、と両手を広げる。佳文は視線を泳がせたあと、おずおずともう一度腕の中に入ってきた。ぎゅっと抱きしめて佳文の実体を五感で再々確認。高秋よりも一回りほど体格が小ぶりなので、こうして抱きしめるとちょうどいい大きさだ。黒髪にチュッとキスを落として、いつもより艶《つや》がないように見える髪が気になった。

「髪が、ぱさぱさしてる？」

「ああ、それは、水がちがったからだと思う。シャンプーはいつも使っているものを詰め替えて持っていったから」

「水がちがうって？」

「国がちがえば水だって変わるだろ。それと、やっぱり慣れないことをして疲れたみたいだ」

佳文は高秋にくたりと凭《もた》れてきて、はふ…と欠伸《あくび》をした。時差がどんなふうに人間の体に作用するのか経験がない高秋にはわからないが、時差ボケという言葉があるくらいだから体に負担がかかるものなのだろう。

「疲れてる？　寝た方がいいかな」

「んー……、いまここで寝たら、変な時間に目が覚めそうだけど」

「ちょっとでも横になったら？　布団を敷くよ」

高秋は佳文の手を引いてアトリエを出た。いつも寝室にしている和室に連れこみ、わくわくしながら押し入れから布団を出す。ぼうっとしている佳文からスーツの上着を脱がせ、ハンガーにかけた。家事は不得手だが、佳文の服を脱がすことだけは手早くできる高秋だ。

あっという間に佳文をワイシャツと下着だけにした高秋は、飢《う》えた獣の目で恋人を押し倒した。ぎょっとした佳文が慌てて起き上がろうとしてももう遅い。上に乗っかった高秋は、ワイシャツをがばっと胸までめくりあげて、乳首《ちくび》にむしゃぶりついた。ざわっと佳文の肌が粟立《あわだ》つ。

「あっ」

思わずといった感じで甘い声が漏れた口を、佳文が自分の手で塞《ふさ》いだ。

「おい、なにやってんだ、俺を寝かせてくれるんじゃなかったのか!」

「だから寝ようと思って。俺も一緒に」

「寝る意味がちがーう!」

「なにもちがわないよ。佳くん、一週間ぶりなんだから、おとなしく待ってた俺にご褒美《ほうび》をちょうだい。ね? ほら、乳首は歓迎してくれているみたいだ」

「あ、んっ、おまえ、なに言って……っ」

べろべろと片方の乳首を舐《な》めて噛んで、もう片方を指で弄《いじ》った。佳文の乳首はすぐに色づいてピンと勃《た》ち、もっと弄ってくれと言わんばかりの形状になる。

「あ、あ、あ、やめ…、あっ」

佳文が背中をのけ反らせて喘《あえ》ぐ。胸を突き出すようにされて、高秋はますます調子に乗って乳首に吸いついた。美味しい。一週間ぶりの佳文の乳首だ。このちいさな突起を、高秋はことのほか可愛《かわい》がってきた。吸い続けていればなにか出てくるのではないかと執拗《しつよう》に弄ったことがあるが、佳文に「いい加減にしろ」と怒られただけでなにも出てこなかった。

「ああ、高秋っ、そこばっかり……」

「佳くん、こっちも弄ってほしい？」

もじもじと揺らしている下半身に手を滑《すべ》らせると、下着の中で佳文が固くなっていた。グレーのボクサーパンツには、すでに染みができている。伸縮性のある布だから形がはっきりわかった。焦《じ》らすようにして布の上から指でなぞると、佳文が悩ましげに呻《うめ》く。染みがじわっと広がった。

「佳くん、気持ちいい？」

「やるなら、さっさとやれよ…っ」

「一週間ぶりなんだから、ゆっくりやらないとマズイだろ。佳くんにケガをさせちゃいけない」

佳文の悶《もだ》える姿も堪能《たんのう》したいし、と高秋は心の中でつけ加える。

「いまさらケガなんかしないだろ」

「もしかして、自分で後ろを弄った？」

「はあ？　どうして俺が自分のケツを弄らなきゃならないんだっ」

「ひとりエッチのときに弄ったのかな…って」

佳文の胸から首にかけてが、どっと一気に赤くなった。目を潤ませて睨《にら》んできたが、かわいいばかりだ。

「ひとりでなんかしていない！」

「えっ、しなかったの？」

「じゃあ高秋はしたのかよ」

していない。全然する気が起こらなかった。そうか、佳文もする気が起こらなくてなにもしなかったのだと、高秋は幸せを感じた。

「佳くん………」

ふたつの乳首を交互に舐めて齧《かじ》ってあげながら、染みを滲《にじ》ませているそれを布の上から優しく揉《も》んだ。恐ろしくじれったいだろうに、佳文は浅い呼吸をくりかえしながらぎゅっと目を閉じて耐えている。膝に手をかけて広げさせ、高秋は尻の谷間に指を滑らせた。脱がせていないから、もちろん布の上からだ。

「うっ………く………」

佳文が泣きそうな顔で呻き声を漏らす。そこを愛撫《あいぶ》されることに慣れた体だ。下着を脱がせて直接触ってほしいだろうにプライドが邪魔をして佳文がねだれないのを、高秋はよく知っている。泣きそうな表情がすごくそそった。

きっと愛撫をほしがってひくひくと蠢《うごめ》いているだろう窄《すぼ》まりの位置を正確に指で探しあて、高秋はぐいぐいと押しこんだ。布地を巻きこむようにして弄ると、佳文が本格的に呼吸を荒らげる。このままもうしばらく嬲《なぶ》っているつもりだったが、高秋の方が我慢できなくなり、尻の部分だけ横にずらした。想像通り、佳文の窄まりは物欲しげに動いている。愛らしいとしか思えないそこに、高秋はためらいもなく舌を伸ばした。

「えっ、ちょっ、待て、風呂に入ってない……」

我に返った佳文が抗《あらが》ったが、高秋は体格差にものをいわせて押さえこんだ。片脚を上げさせられた格好のまま尻に顔を突っこまれている佳文がいったいどれほどの羞恥《しゅうち》を感じているかなんて、高秋は想像しない。ただ恥ずかしがっている佳文がかわいい、もっとかわいがりたい、色気を引き出したい、感じさせたい——としか思わない。

そこを夢中になって舐めながら、高秋は先走りでびしょびしょになりつつある下着ごと佳文の屹立《きつりつ》を揉んだ。

「やめ、高秋、高秋っ」

悲鳴のような声で名前を呼ばれたが、高秋はそこから離れなかった。したたるほどに唾液《だえき》で濡らした窄まりに指を挿入《そうにゅう》し、さらに舐める。内部の感じるところを指で刺激すると、ぐんと佳文の背中がそりかえり、切ない喘ぎが部屋中に溢れた。

「ああ、ああ、あぅっ、やだ、もうっ、高、秋っ」

指を二本にして、さらにそこをとろとろになるまで嬲る。柔らかくなったのを見計らって、指を三本にする。隙間から舌を差しこんで粘膜《ねんまく》を舐めた。

「あぁぁっ、あーっ、あっ、あぅ、んっ、ん……！」

びくんびくんと全身を震わせて、佳文が達した。先走りのせいでできていた下着の染みが、みるみる広がっていく。ぐったりと脱力している佳文から、ワイシャツと下着を取り去った。

黙っていてもうきうきわくわくしているのが伝わるのだろう、佳文が恨《うら》めしげな目で見上げてくる。

「おまえ……この、変態が……」

「佳くんフェチなだけだよ」

全裸にさせて、自分も作務衣をぱっぱと脱ぎながら笑顔で答えると、佳文は怒った。

「それが変態だって言うんだよっ」

「佳くん、素敵だった」

「気色の悪いことを言うな、この変態め」

悪態をつきつつも、佳文はすこしも抵抗せずに高秋に組み敷かれてくれる。それどころか腕を伸ばして首にしがみついてきてくれた。佳文も求めてくれているんだと実感できて、胸がじんと熱くなる。ついでに股間《こかん》もマックスに熱くなった。佳文の痴態《ちたい》に煽《あお》られまくっていた高秋のそこが、そもそも萎《な》えているわけもなく、もう挿入しただけで射精してしまいそうな勢いになっている。

指と舌でさんざん解《ほぐ》したそこに先端をあてがい、体を繋げた。あたたかくて柔らかな佳文のそこは、標準よりもややサイズがおおきい高秋の性器をしっとりと包みこんでくれる。さっき指で刺激した感じる場所を亀頭《きとう》で擦《こす》るようにすると、佳文が「ああ……」と白い喉を見せてのけぞった。萎えかけていた佳文の性器が頭をもたげる。きゅうっと絶妙なしめつけで快感を与えられ、高秋も喘いだ。やっぱりすぐにでもいってしまいそうだ。

一週間もひとりでいて佳文のことばかり考えていたが、自慰《じい》はしなかった。というか、する気になれなかった。だからそうとう溜まっているはずで、三擦り半という情けないことにだけはなりたくないと歯を食いしばったが、五擦りくらいで早くも限界がきた。

「佳くん、ごめんっ」

謝罪しながら愛情のありったけを佳文の奥に放った。我慢していたせいか溜まっていたせいか、たくさん出た。痺《しび》れるような、陶然とする解放感にしばし放心状態になる。

「おまえ……またゴムつけてないだろ……」

最後の一滴まで出しきった高秋に、佳文が困った表情で文句を言ったが、本心からいやがっていないことくらいわかっている。後始末をしなければならなくなるのが面倒なだけで、佳文は高秋が出したがるのを拒んだことはほとんどない。

「佳くん……大好きだよ」

「……いちいち言わなくても知ってる」

もう、かわいいんだから。

佳文に入れたままのものが萎える間もなく、ぐっと充溢《じゅういつ》する。軽く揺すると、佳文が「あん」と腰を震わせた。中途半端に勃ったまま放置されている佳文の性器に触れる。

「あっ……」

「ほったらかしにしててごめん。こんどはきちんとかわいがるから」

「かわいがるってなんだ」

「かわいいから」

「おまえにくらべたらだれでもかわいいわ！」

サイズについて言ったわけではないのに、佳文は不満そうに唇を尖らせる。でも高秋を受け入れているところは拒んでいないのだから、なかなかのツンデレだ。そんな佳文が愛しくてならない。

中に出した体液を粘膜に擦りつけるようにして腰を蠢かした。淫《みだ》らな粘着音がして、佳文が喘ぎながら顔をしかめた。

「それ、やめろ……」

「どうして？　気持ち悪い？」

くんっと腰を奥にぶつけるようにすると、佳文が切なそうに目を閉じる。頬が上気して、額にうっすらと汗が浮いていた。すごくきれいだ。高秋は感じているときの佳文の様子を眺めるのも大好きだった。

「佳くん、こんなふうにするのもいいでしょ」

「あっ、あぅっ」

奥まで突っこんだまま腰を回すように動かした。中出しした体液ごとかき回されて、佳文が尻をびくびくと弾ませる。中がきゅうきゅうと高秋を締めあげてきて、たまらない快感に腰がとまらなくなった。すごく気持ちがいい。だが一回いっているので余裕があった。

体を繋げたまま佳文の体をひっくり返す。後背位になって激しく突いた。

「ああ、ああっ、あうっ、んっ、ひ……っ」

細い背中が美しくうねるのを視覚でたのしむ。さらに尻を両手で掴み、谷間を広げるようにして揉《も》むと、佳文のそこがかわいそうなくらい伸びきって自分のものをくわえこんでいる様子がつぶさに見られる。卑猥《ひわい》すぎてたまらない。佳文の中でぐっと一回りほどさらに膨張《ぼうちょう》してしまった。

「ああ、やだっ、もう、でかいって、バカッ」

「佳くん、でかいの嫌い？　そうでもないでしょう。ほら、美味しそうに俺のをくわえこんで離さない」

つつつと指先で繋がっている部分をなぞったら、佳文の中が誘うように収縮した。

「うっ」

余裕があったはずなのに、危うく漏れてしまいそうな締めつけだった。いや、一滴くらいは漏れたかもしれない。一回目は五擦りでいってしまったのだ。二回目はできるだけ佳文をよがらせてからフィニッシュにもっていきたい。

佳文の前に手を回し、高秋の突きにあわせて揺れている性器を握った。

「あんっ、んーっ、んんっ」

佳文も二度目なのに、もう限界に近いほど張りつめている。先端からはだらだらと先走りが漏れていて、擦るたびにねちゃねちゃとあからさまな音が聞こえた。それだけ感じてくれているのだと思うと、愛しくてたまらない。

「佳くん、佳くん……」

高秋は夢中になって腰を使った。細くて白い背中が快楽に歪《ゆが》む。うっすらと汗が浮いて、それがレースのカーテン越しに差しこむ夕方の日差しにきらきらと輝いた。きれいだ。こんなにきれいなのに気持ちいいなんて、佳文はなんて理想的な体の持ち主なんだろう。

上体を倒して、佳文の肩甲骨《けんこうこつ》にキスをした。激しく腰で突きながら、翼のような肩甲骨に舌を這《は》わせる。佳文が甘い吐息を漏らしながら、ますます性器を高ぶらせた。でもまだいかせない。一回目の体液は下着に吸わせてしまったから、二回目はそんなふうにはしたくなかった。

「高秋、もう……いく、ああっ、あっ、あーっ」

「ダメ、まだだよ」

高秋は佳文の性器の根元をぐっと押さえた。よすぎて苦しいと、佳文が全身で訴えてくる。痙攣《けいれん》する内部を小刻みに擦ってやると、佳文の指に力が入り、握られたシーツがじわりと皺《しわ》を増やした。ぎゅうぎゅうと締めつけられて、視覚的にも煽られまくって、高秋は自分を解放することにした。

「佳くん、いく、いくよ……っ」

粘膜に叩きつけるようにして射精した。ふっと意識が飛ばされそうな快感に、歯を食いしばって耐える。この甘美な瞬間にしっかり意識を保っていないともったいないからだ。

二回分の体液を気がすむまで半分萎えたものでかき回してから、高秋は繋がりを解いた。尻を掲《かか》げたままの体勢で震えている佳文は、当然二回目がまだだ。軽々とひっくりかえして仰向《あおむ》けにさせると、涙目で睨まれた。

「この野郎……」

「先にいってごめんね」

「悪いと思ってないだろっ」

「いまからいかせてあげるから」

「もういい！」

よろよろしながら布団から抜け出そうとした佳文を、高秋は簡単に捕まえた。そして股間に顔を埋める。いかせてもらえずに充血しているそれを、優しく口腔《こうこう》に含んだ。

「あああぁっ、あっ、あっ」

背中を弓なりにのけ反らせて、佳文が嬌声《きょうせい》を上げた。目尻から涙がこぼれたのを見て、あまりの美しさに感嘆する。

「あーっ、あっ、いく、も、い…………っ！」

我慢させていたから、佳文はあっけなく射精した。いままで何度も味わってきた佳文の体液を、夢中になって飲み下す。はじめて味わったときから、佳文が出すものを不味いと思ったことはない。美味しくて、何度だって飲めてしまうくらいだ。逆に佳文は高秋の体液を、吐きそうになるくらい不味いと酷評《こくひょう》する。そう言いながら、何度も飲んでくれたことがあるが。

残滓《ざんし》まですすって口を離した。佳文はぐったりと四肢《しし》を投げ出して、胸を喘がせている。

「ちょっと待ってて」

脱がせたワイシャツを体にかけて、高秋は裸のまま廊下に飛びだした。風呂場に直行して、急いで湯をはる。すぐに戻り、佳文を抱き上げた。

「おい……？」

「風呂に入れてあげる」

「…………入るだけだろうな。もう無理だぞ。疲れた」

「本当に入るだけだよ」

わずかでもチャンスがあればいやらしいことがしたいなどと、ここで本心を言ってはいけない。澄ました顔の高秋を、佳文が疑いの目で見ていたが、しらんふりをした。

浴槽《よくそう》にはまだ湯がたまりきっていなかった。洗い場に佳文を座らせ、シャワーで汗やら体液やらを流してあげる。海綿でボディソープを泡立て、ソフトタッチで恋人の体を洗った。そうしているうちに佳文が憂鬱《ゆううつ》そうな表情になってきたので、その理由に心当たりがある高秋はこっそり笑う。二回も中出ししたから、出てきているにちがいない。さんざん穿《うが》たれて緩《ゆる》んでいるだろう後ろは、本人が締めようとしてもなかなか思う通りにはいかないそうだ。

「佳くん、どうしたの」

「………ひとりにさせてくれ。あとは自分でやるから、もういい」

「俺が佳くんを疲れさせちゃったんだから、奉仕するよ」

「いいから、出ていけ」

ひとりになったら自分で後ろを洗うつもりだろう。そうはいかない。中出ししたのは高秋なのだから、最後まで責任を持つ。そうして五年間やってきたのだ。もう何回も洗われてきたのに、佳文はいつまでたっても恥ずかしがる。そこがまたかわいくてたまらない。

「出てきたんだろう?」

「おまえのせいだろ」

「そうだよ。だから俺が洗う」

「あ、こらっ」

泡だらけの体を座ったまま抱きすくめた。足を絡めて大股開き《おおまたびら》きの格好にさせる。カッと佳文の耳が真っ赤になった。本当にいまさらなのに。

「やめろ、自分でやるから、おまえは触るな！」

耳元でわめかれたが、構わずに尻の谷間に指を滑《すべ》らせた。綻《ほころ》んだまま閉じていないそこに、指を二本まとめてぐっと挿入《そうにゅう》する。佳文が息を飲んで硬直した。指を広げるようにすると、どろりと粘《ねば》ついたものが落ちてくる。

「ああ、出てきてるね。たくさん」

「お、おまえが……中に、出したから……っ」

「そうだよ、俺が出した。佳くんが大好きだから、たくさん出ちゃった。すごく気持ちがよかったよ」

「バカ、言うなっ」

キュートな悪態を聞きながら、高秋は体液をかきだした。ときどき感じる場所を指先で弄るのは忘れない。そのたびに佳文の尻がびくんと震えるのを、抱きしめた全身で受けとめて楽しんだ。

そのうち佳文の呼吸が荒くなってきて、萎えていた性器が復活してきた。後ろを執拗に弄られていたらこうなるのは当然だ。佳文は悔しそうに唇を噛んでいる。

「佳くん、勃っちゃったね」

「うれしそうに言うな！」

逃れようと佳文がもがいたが、離すつもりがない高秋から簡単には逃げられないことくらいわかっているだろうに。じたばたと佳文が動くものだから、いったんは鎮《しず》まっていた高秋の股間がみるみる元気を取り戻してしまった。

佳文の背中にそれを押しつけてぐりぐりしてみると、ぬるい快感が心地良かった。

「おまえ、それ……なんだ？」

「なんだろうね」

「もう終わりだぞ。今日は終わり。もうしない。もう無理っ」

本格的に逃げようとしはじめた佳文をひょいと持ち上げて、高秋は自分の性器の上に下ろした。ぬるぬるになって解れた穴があるのに、入れないなんて選択はない。

「あ、あ、あ……なんで……もうしないって……」

「ごめん、すごく気持ちいい」

「バカ！」

怒りながらも佳文のそこは絶対に拒絶してはいない。高秋をしっとりと包みこみ、絶妙な締めつけで快感を与えてくれた。許されていると思うと、愛しさがどんどん湧き出てくる。

「ああ、佳くん、佳くん」

「あぅ、あっ、やめ、ああっ」

衝動のままに、下からぐんぐんと腰を突き上げた。蕩《とろ》けるような快感と溢れる愛に支配された高秋はもうとまらない。そこで一回して、さらにぐったりしてしまった佳文をまた洗い、湯船に入れて労わったあと、布団に戻った。

そのあとの数時間のことを、後日、佳文は記憶がないと述懐する。挿入行為はもうしなかったものの、高秋は絶え間なく佳文の体を弄りまくり悶えさせドライでいかせ、高秋も何度かいった。

夜中にやっと佳文を寝かせた高秋だが、べったりくっついて眠ったのは言うまでもない。

翌日の佳文は重病人のごとき体調になってしまい、ひとりで歩けないうえに声がガラガラだった。佐久間に電話をかけることができたのは、さらにその翌日になる。

もちろん、高秋はかいがいしく佳文の世話をした。

「佳くん、生まれたての仔馬《こうま》みたいだね。かわいい」

「黙れ！」

よぼよぼと壁を伝いながら歩いている佳文に余計なことを言って怒らせ、その後、一週間の禁欲を言い渡されても、高秋はご機嫌だった。佳文がそばにいてくれさえすれば、幸せなのだ。

佳文が眠っているあいだに、高秋は驚異のスピードで作品をいくつも仕上げていた。ひとりで留守番していたときの停滞が嘘のように、乗りに乗って筆を走らせる。

官能に満ちた夜を思い出しながら『艶《つや》』と一文字書いた。『指先』の動き、『息遣い』を耳でとらえながら、高秋は『愛しさ』と『悦《よろこ》び』を感じた。

『夜の静けさ』の中で『寝息』が聞こえる。『月の光』に照らされて、静かに『眠る』恋人。

いくらでも書けた。佳文との愛の交歓が、高秋の創作には不可欠なのだ。

それを証明したかたちになり、歩けるようになった佳文は不本意そうな表情ながらも、高秋の書を見て、一応は褒めてくれた。

「俺が被害者じゃなかったら、絶賛するところなんだが……」

「えっ？　なんの被害者？」

「…………俺は、おまえの育て方を間違えた……」

佳文の呟きの意味がわからず、高秋は首を傾《かし》げた。佳文より五つも年上なのだから、育てられた覚えはない。

「とりあえず、この線で行きたいというこちらの意向はオーナーに伝えておく」

「つぎにニューヨークへ行くときは、絶対に俺も連れていってね」

「ああ、一緒に行こう。オーナーも高秋に会ってみれば動画のイメージとはちがうってことがわかるだろうさ」

「佳くんとはじめての海外旅行だね」

「………旅行じゃない。仕事で行くんだ。一種の出張だろう。佐久間さんも一緒だ」

「佳くんとアメリカか……たのしいだろうなぁ。あ、これって、もしかして新婚旅行になるのかな！」

「ちがう！　俺の話を聞け！　仕事だって言っただろ！」

怒鳴りながら佳文は顔を真っ赤にしている。これは怒りで赤面しているのではなく、絶対に照れているのだと決めつけて、高秋はにやにやと笑った。

「佳くん、俺……すごくしあわせだよ……！」

「——そうか、それはよかった……」

なぜか佳文はさらにぐったりしてしまい、財布とパーカーを手に玄関へと向かう。

「どこに行くの？」

「買い出し」

「俺も行く」

高秋は慌てて佳文を追いかけ、雪駄《せった》をはいて玄関を出た。佳文はパーカーを着こみながら秋の夕焼けを浴びている笹尾家を見上げていた。どこか傷んでいる屋根瓦《がわら》でも見つけたのかと、高秋も見上げてみる。修理が必要な個所は見当たらない。

「どうかした？」

「……ここに、俺はもう五年も住んでいるんだな、と思って」

「そうだよ。正確には五年半だけど」

「長かったような短かったような……。よくわからないけど、それ以前の生活とは激変したから、なんだかその歳月を思うと感慨深《かんがいぶか》いものがあるな」

佳文の口からそんなセンチメンタルな言葉が出るなんて驚きだ。高秋は不吉なものを感じた。まさか、佳文はここから出ていくつもりではないか。個展が集大成だとか、これを機に生活を変えたいと言いだすのではないかと、青くなった。高秋自身は、五年半くらいどうってことはないと思っている。なにせ、今後五十年はともに暮らすはずだからだ。

「よ、佳くん？　なにたそがれてんの？」

ストレートに疑問をぶつけられずに狼狽《ろうばい》している高秋をちらりと見遣《みや》り、佳文はふふんと鼻で笑った。そして先に立ってすたすたと歩いていってしまう。

「佳くん、変なこと考えてないよね？　ね？」

「変なことってなんだよ。おまえこそ変なこと考えてるんじゃないのか。俺が出ていくとか、おまえを見捨てるとか」

「ど、どうしてそれを……っ」

びくっと全身を震わせて白状してしまった高秋に、佳文はため息をついてみせる。

「おまえには学習能力ってもんはないのか。俺が何度も何度も、出ていかないって言ってるのに、その脳味噌《のうみそ》はどうして覚えられないんだ。このバカ！　おまえは本当に書しか取り柄《え》がないな！」

「佳くん、ホントに出ていかない？　ずっといるよね？」

「いるって何百回も言ってきた。信じられないなら出ていくぞ」

「信じる！　ものすごく信じる！」

「そうか、そりゃよかった。二度と疑うな」

「わ、わかった」

スーパーまでの道のりでそんなやりとりをした。近所の顔みしりと何人かすれ違ったが、高秋は変人として定着しているので特に騒がれることはない。

佳文がおなじ変人のくくりに入ってしまっていて、それが本人としては不本意なことを、高秋は知らない。


翌年、ニューヨークの画廊で高秋の個展が開かれた。

日本人の書道家、ササオ・タカアキが書く『愛』の世界――。

作務衣姿の高秋のモノクロ写真が会場入口に掲げられ、そのストイックな風貌《ふうぼう》とテーマの愛のギャップが狙《ねら》い通りとなったのか、ニューヨーカーのハートを摑むことに成功した。

中堅クラスの画廊でスペースはそんなに広くなかったものの話題になり、マスコミにも取り上げられた。個展開催中は高秋もニューヨークに滞在し、佳文とともに会場に顔を出したり、マスコミの取材を受けたりした。

予想外の盛況《せいきょう》ぶりに高秋は驚いていたが、佳文は当然といった顔をしていた。

「欧米人からしたら漢字は魅力的なんだ。それを毛筆で書けばファンタスティック！　となる。もともとおまえの書は天才的にうまいんだから、評判になってあたりまえだ」

個展三日目にして完売状態だと聞いたときにも、佳文は平然としていた。高秋はびっくりし過ぎて椅子から転げ落ちそうになったが。

「見てみろ、絶対につぎはヨーロッパのどこかから個展の話がくるぞ」

佳文の予言通り、個展開催中にそんな依頼があったと、佐久間から聞いた。だが完売状態ならば、またあらたにたくさんの作品を書かなければならない。

「帰国したら、書かないといけないね」

「まあな」

「佳くん、また協力してね」

晩夏のセントラルパークを佳文と手を繋いで散歩しながら、高秋はにっこりと迫る。佳文は繋いだ手をもぞもぞと動かしたが、しかたがなさそうに頷いた。俯いた頰が赤くなっている。

この場合の協力はセックスを指しているのだから、佳文がこんな反応になってしまうのはもうどうしようもない。だがいやがってはいないのだ。やっぱり、佳文はいつまでたっても恥ずかしがる。それが高秋の萌えの対象になっているとわかっているのだろうか。

「佳くん、かわいい」

「うるさいっ」

「かわいいなぁ」

　高秋の愛はとまらない。やっぱり、どこへ行っても高秋は高秋だった。

　ＴＰＯをわきまえて大人の態度をとるのは難しい。結局、高秋の愛の対象は佳文だと、画廊関係者にはすぐにバレた。だが非難されることはなく、むしろ芸術家にはありがちだと肯定的に受け止められた。

　こうして二人でセントラルパークを散歩しているのも、画廊関係者がすすめてくれたからだ。夜は危険だが昼間なら問題はないと教えてもらったあたりを歩いている。

「佳くん、俺は佳くんに出会えて幸せだよ。祖父《じい》さんには感謝している。家で書道教室を開いてくれて、本当によかった。そうでなければ佳くんに出会えていなかったかもしれない」

「俺にとってそれがよかったのか悪かったのか……」

「思えば佳くんの膝小僧《ひざこぞう》に一目惚《ひとめぼ》れしたんだよな」

「膝小僧？　おまえ、正真正銘《しょうしんしょうめい》の変態だな！」

「うん、そうかもしれない。ごめんね」

「いまさら謝ってもらっても」

「そうだね。佳くんも俺のこと愛しちゃったし」

「この、バカ！」

佳文が赤くなりながらバカと悪態をつくのを見るのが好きだ。そう言ったら、たぶんまた変態だと罵《ののし》られるだけだろう。高秋はにこにこと笑顔で、佳文の手をぎゅっと握った。すると佳文もぎゅっと握り返してくる。

ああ、愛されているな——と思う。

「佳くん、俺、頑張るよ。たくさん書いて、佳くんに贅沢《ぜいたく》させてあげる！」

「ほどほどでいい」

「豪邸《ごうてい》を建ててあげる」

「二人で暮らすのに豪邸はいらないだろ。そこそこでいい」

「ほどほどとそこそこ？」

「何事も分相応に、が先生の教えだろ」

高秋の祖父を尊敬している佳文らしい言葉だった。

「売り上げは、紙と筆に使おう。好きなだけ、どんどん特注しろ」

「えっ、いいの？」

「おまえが稼《かせ》いだ金だ。べらぼうに高い紙でも筆でも、失敗を恐れず好きなように使え。だから生活レベルはそこそこでいい。俺は高秋が世界に認められることで満足できる」

「佳くん……」

佳文の愛は広くて大きい。高秋はこういうときに負けていると感じることがある。

一目惚れしたのは、もう二十年も前のことになる。あのとき、ぴんと背筋を伸ばした小学生の膝小僧に見惚《みと》れた自分を褒めてあげたい。佳文を選んだのは間違いじゃなかった。こんな自分の愛を全力で受け止めてくれる佳文はすごい。

「じゃあ、その……ほどほどとそこそこで」

うむ、と佳文が頷いた。

二人で手を繋いで、木々の間をゆっくり歩く。外国の公園をこんなふうに散歩する日がくるなんて、二十年前は想像もできなかった。二人で暮らしはじめた六年前ですら考えていなかった。

これからも、いろいろな国のいろいろな道を、佳文とこうして手を繋いで歩けたらいいな、と高秋は思ったのだった。

あとがき

名倉和希

はじめまして、こんにちは、名倉和希《なくらわき》です。このたびは拙作《せっさく》「愛の一筆書き」を手にとってくださって、ありがとうございます。雑誌に掲載された表題作に、書き下ろし「愛は永遠」をプラスして一冊になっています。

またもや変態攻を書いてしまいました……。このところ攻を変態にする病《やまい》にかかっています。重症です。もう治らないかもしれません。おそらく、どんどん悪化していくものと思われます……。この話を書きながら、私は高秋《たかあき》が可愛《かわい》くてなりませんでした。バカな子ほど可愛いと申します。人とは、悲しい生き物ですね。ふっ。

高秋は幸せ者です。佳文《よしふみ》という伴侶にめぐり会えたのですから。佳文には気の毒ですが、高秋に捕まってしまったわが身を呪《のろ》いながらも挫《くじ》けず元気に生きていってほしいです。ガンバレ！　とりあえず性生活だけは充実することは請《う》け合《あ》いです。いろいろと、ガンバレ！

作中では高秋の家族が出てきません。ここで補足を。高秋には両親がいます。ごく普通のサラリーマンである父親は、破天荒な息子を理解できませんでした。母親は自分の育て方が悪かったかと悩みました。家の中で疎外感《そがいかん》を抱いていた高秋は、可愛がってくれていた母方の祖父宅に出入りするようになり、書道の手ほどきを受けます。きっと祖父の才能を色濃く引いていたのでしょう。書道の腕をめきめきと上げて、やがて頭角を現します。両親はこの時点で息子を祖父に託《たく》してしまい、仕事の関係もあって海外へと移住してしまったのでした──。

と、そんな感じです。なので、高秋の両親は健在です。絶縁しているわけでもないので、お互いにどこでなにをしているかは知っています。佳文のことも知っています。

さて、今回のイラストは金《かね》ひかる先生にお願いしました。高秋が格好よくて、中身がヘタレには見えません。立派な書道家です。そして佳文のクールビューティーぶりは、私も惚《ほ》れてしまいそうなくらいです。素晴らしい。さすがです。お忙しいところ、本当にありがとうございました。

この本が出るころは梅雨《つゆ》のシーズンでしょうか。時の流れって酷《ひど》いですね。私は六月生まれです。またもや一つ年を取ってしまうのですね。最近は、本当に無理がきかない体になりました。それなのに夢見がちって──終わっています。とりあえず煩悩《ぼんのう》をどぷどぷと垂れ流して、みなさんに読んでいただくのが楽しみになっています。この本を気に入ってくださったなら、感想など寄せてくださると嬉しいです。一緒に変態を愛《め》でつつ萌えましょう!

それでは、またどこかで。

名倉和希

♥両手いっぱいの愛

手に取った真っ赤なトマトはずしりと重く、とても美味《おい》しそうな色艶《いろつや》をしている。

佳文《よしふみ》はそれをまな板に載せて、丁寧《ていねい》にスライスしていった。きゅうりも食べやすい大きさに切り、手作りの和風ドレッシングをかける。台所の窓からは、しとしとと降る梅雨時《つゆどき》の雨に濡れた裏庭が見えていた。紫色の紫陽花《あじさい》が雨に濡れて美しい。佳文は半袖《はんそで》のシャツを着ているが、今日はちょっと肌寒《はだざむ》いかもしれない。あとでカーディガンを出そうと考えながら、できあがったサラダにラップをかけて冷蔵庫に入れる。壁の時計を見上げると、午後五時だった。夕食の下ごしらえはだいたい終わったので、あとは炊飯器のボタンを押すだけ。

「高秋《たかあき》はまだアトリエかな」

家の中はしんと静まりかえっている。

ここのところ高秋の制作が進んでいないことに気づいていた。なにが原因なのかはわからないが、珍しいことにスランプに陥《おちい》っているらしい。高秋のくせに、意地をはっているのか佳文になんの相談もしてこない。なんらかの悩みでも抱《かか》えているのだろうか。

この一週間ほどセックスをしていなかった。高秋にしては間が空《あ》いている方だ。同棲《どうせい》をはじめて十年、高秋は四十歳、佳文は三十五歳になった。高秋はとうとう不惑《ふわく》の年だ。一日か二日おきにはセックスをする生活を十年も続けてきたせいか下半身が重く、溜まった感じがする。佳文がそうなのだから絶倫《ぜつりん》傾向がある高秋はもっと溜まっているだろう。それに性欲が制作に直結している高秋にとってはよくないように思える。

「……とりあえず、話を聞いてみるか」

ひとつため息をついて、佳文はアトリエに足を向けた。

「高秋、入るぞ」

声をかけてから、障子《しょうじ》を開ける。高秋は祖父から譲《ゆず》り受《う》けたという文机《ふづくえ》の前にいた。作務《さむ》衣《え》姿で正座をし、机に置いた真っ白い半紙をじっと睨《にら》むようにして動かない。その横顔はすこしやつれているように見えた。まばらな無精《ぶしょう》ひげがなんとも哀《あわ》れな様子だ。周りには失敗作と思われる丸めた紙が散乱している。そっと歩み寄って、佳文は高秋の肩に手を置いた。

「高秋……すこし休憩《きゅうけい》したらどうだ。熱いお茶でも淹《い》れようか?」

優しく声をかけると、高秋がのろのろと顔を上げて見つめてきた。その目がじわりと潤《うる》んでくる。唇が小刻みに震えていた。

「よ、佳くん……」

「うん、どうした?」

「い、い、いままで、ごめん……っ」

わあっと泣きながら高秋がしがみついてきた。びっくりしつつも、佳文は踏ん張って大きな男を受けとめる。わけがわからないながらも高秋の広い背中を、よしよしと撫《な》でた。

「いままでごめんって、なにが？　どうした？」

「ごめん、ごめん！　俺、バカだった！　どうやって詫《わ》びればいいのかわからない！」

こっちもさっぱりわからない。高秋には謝罪してもらいたいようなことをいろいろとされているので、どれについて詫びたいと言っているのか見当がつかなかった。まさか別れ話ではないだろう。とりあえず、聞いてみた。

「俺と別れたいって話か？」

「ちがうよー！」

四十男が鼻水垂《た》らして泣きながら「ちがうよー」ときたもんだ。ああ、はいはいと流しながら、そばにあったティッシュボックスから何枚か引きぬいて、高秋の鼻にあててやる。

「俺、俺……なにも考えずに佳くんに入れてたから……」

「……………は？」

「よく考えればわかることなのに、だってアソコって出すところであって入れるところじゃないよ。なのに俺は、ただ佳くんを抱きたいばっかりで、もともとは入れるところじゃないアソコにずーっと突っこみ続けてきた。痛かったよね、ごめん」

なんのことはない、高秋は十年目にして初歩的なことに気がついたのだ。だがどうしていまさらそんなことに気づいたのか。

「一週間前に、それに思い至ったのか？」

「入れてみたら痛かったから」

高秋がぽろりと爆弾のような発言を落としたと同時に、カチンと佳文は凍りついた。

入れてみたら痛かった？　なにを入れた？　どこに入れた？　いつ入れた？　だれに入れられた？

佳文は目の前が真っ暗になった。

いつのまに浮気されたのだろうか。まったくわからなかった。そういえば、ちょうど一週間前に高秋は川口《かわぐち》に誘われて出かけた。同級生が集まって飲みに行くとかなんとか。あの夜は帰りが遅かった。一人でタクシーを使って帰ってきたが、佳文はなんの疑問も抱かなかった。もしかして、あの夜になにかあったのか。

まさか高秋に裏切られるなんて——。この十年間、高秋にすべてをかけてきた。熱烈に愛されていると自信があったから、佳文も高秋だけを見つめてきたのだ。

五年前に会社を辞めてからは、それまで以上に高秋のために力を尽くした。世界各地で個展をひらき、ほぼすべてで成功をおさめて、高秋は名実ともに世界的な書道アーティストになった。自宅は昔のままだが、じつは別荘が二軒ほどあるし、銀行口座には九ケタの預金がある。

今年の年末にはパリで個展を予定していた。

「佳くん、佳くん？」

茫然自失《ぼうぜんじしつ》になっていたら、高秋にぐらぐらと体を揺さぶられて我に返った。

「佳くん、大丈夫？　真っ青だよ」

おまえのせいだ、と詰《なじ》ろうとしたが喉が詰まったようになって声が出ない。かわりに涙がこぼれそうになって堪《こら》えた。たかが浮気で泣くなんてみっともない。佳文は自他ともに認める高秋のパートナーだ。どんと構えて、堂々としていればいいのだ。

「高秋……………」

落ち着け、と佳文は自分自身に言い聞かせる。

「相手はだれだ」

「え？」

「入れてみたら痛かったと言っただろう。だれに入れられたんだ」

詰問《きつもん》する声が情けなくも震えている。だが高秋はきょとんとした顔で佳文を見た。

「俺だけど」

「はあ？」

「俺の指」

コレ、と高秋は右手の中指をひらひらさせた。つい視線がそこに集中してしまう。

「川口に連れられて飲みに行っただろ。そこでみんなにいろいろと言われてさ……。佳くんと暮らしていることは知られているから、その、男同士のセックスについて。入れられる方は痛いんじゃないかって……。俺はデカイから、相手は絶対に無理しているって言われて……。家に帰って来てから、風呂場で自分の尻《しり》に指を入れてみたんだ。そしたら、痛かった。ぜんぜん気持ちよくなんかなかった。ごめんね、気がつかなくて……いままで、俺……バカだった」

高秋がしんみりと語る内容は、中学生レベルのものだった。佳文はがくりと脱力する。最悪の想像から泣きそうになっていた自分を殴ってやりたい。そうだ、高秋はこういうやつだった。浮気なんていう高度な裏切りができるわけがないのだ。頭の中身は中学生なのだから。

「……おまえ、まさかそれで一週間もなにもしてこなかったのか……？」

「だって、佳くんを苦しませて自分だけ気持ちよくなるなんてこと、できないよ！」

それで書けなくなったというわけか――。

佳文はくらくらと眩暈《めまい》までしてきた。どうしてくれよう、このアホを。

「あのな、高秋」

「うん……」

「たしかに、おまえはデカイ。あんなもの、本当は尻に入れるもんじゃない」

「だよね……」

しょぼんと背中を丸めて涙ぐむ高秋に、佳文はもう何回目かわからないくらいのため息をついた。

「でも十年もやってりゃ慣れるんだよ。というか、最初の一週間で慣れたわ、このボケ！」

「えっ、えっ？　一週間？」

「毎日毎日入れられてりゃ緩《ゆる》みっぱなしで元に戻る暇《ひま》もないってことだ！　おかげで俺はすっかり調教されて、入れられないとセックスした気分にならない体になっちまった！　男なのに！　ゲイでもなんでもなかったのに！　全部おまえのせいだぞ！」

一気に怒鳴ったら、酸欠でくらりとよろめいた。そこを高秋が抱きとめてくれる。ついでのように押し倒された。満面の笑みで高秋が「佳くーん！」と抱きしめてくる。

「それって痛くないってこと？　気持ちいいってこと？」

「そんなこといまさら聞くな！　十年間も、俺が痛がっているかどうかわからなかったのか！」

「佳くん！」

高秋が泣きながら頬ずりしてきた。無精ひげが激しく痛い。

「よかった、よかったよ！　佳くんが痛くなかったのなら、俺、またしてもいいんだね！」

「おい、こら、なにをしているっ」

「よ、佳くん……」

いきなりスイッチが入った高秋がはぁはぁと息を荒くして佳文の服を脱がしにかかってくる。

一週間も禁欲をしていたせいだろうか、高秋の股間《こかん》はもう熱くなっていて、ぐいぐいと佳文の腹部に押しつけてきていた。

「ちょっ、おい………っ」

「佳くん、愛してる、愛してる」

「あっ、んん………」

ポロシャツを首までたくし上げられ乳首《ちくび》にむしゃぶりつかれて、佳文は抵抗をやめた。アトリエの天井《てんじょう》を見上げ、全身の力を抜いて高秋に委《ゆだ》ねる。まだ夕方だとか、アトリエでやるのかとか、フォローもナシかとか、言いたいことは山ほどあったが、いまの高秋には人類の言葉は通用しないだろう。むしろセックスは望むところだ。理由がわからないまま一週間も禁欲させられたのだから、気持ちよくさせてもらおうじゃないか。

夢中で乳首を吸っている高秋の背中に腕を回した。このバカは、佳文がどれだけ全身全霊をかけて愛しているのか、わかっていないらしい。まあでも、わかったら高秋ではなくなってしまうので、このままでいいか。しかし、高秋に余計なことを吹きこんだ同級生というのはだれだ。こんど川口に聞いてみよう。

佳文は高秋の情熱にもみくちゃにされながら、頭の隅でそんなことを考えたのだった。

愛の一筆書き《あいのひとふでがき》

この本を読んでのご意見、ご感想などをお寄せください。
名倉和希先生・金ひかる先生へのはげましのおたよりもお待ちしております。
〒113-0024　東京都文京区西片2-19-18　新書館
[編集部へのご意見・ご感想] ディアプラス編集部「愛の一筆書き」係
[先生方へのおたより] ディアプラス編集部気付 ○○先生

初　出
愛の一筆書き：小説DEAR+ 13年ナツ号（Vol.50）掲載
愛は永遠：書き下ろし
両手いっぱいの愛：書き下ろし

新書館ディアプラス文庫

著者：**名倉和希** [なくら・わき]
初版発行：**2014年 6 月25日**

発行所：**株式会社新書館**
[編集] 〒113-0024　東京都文京区西片 2-19-18　電話(03)3811-2631
[営業] 〒174-0043　東京都板橋区坂下 1-22-14　電話(03)5970-3840
[URL] http://www.shinshokan.co.jp/
印刷・製本：**図書印刷株式会社**

定価はカバーに表示してあります。乱丁・落丁本はお取替えいたします。

ISBN978-4-403-52354-0